王蒙演讲录

2021—2023

一场场思想的盛宴

视角独特　洞察深邃　案例丰富　娓娓道来

人民出版社

出 版 说 明

　　今年是人民艺术家、著名作家、原文化部部长王蒙从事文学创作 70 周年。

　　王蒙虽至耄耋之年，但思想前瞻，视野开阔；思维敏捷，与时共鸣。作为"80 后"的泳者，青春生猛，激情澎湃；笔力雄健，新作连连。即使处于疫情期间，仍笔耕不辍，保持高产。除小说创作外，每年还围绕重大主题、文化热点等做多场演说与讲座，进行访谈与对话，撰写一系列文论等作品，呈现出独树一帜的"王蒙现象"。

　　本书是王蒙的最新论说文录，收录了作者 2021 年至 2023 年 9 月间的演讲、文论、对谈、书序等作品，共计 28 篇。本书内容丰富，思想深刻，文采斐然。既有对百年党史、党的二十大精神与文学发展关系的思考与新见，也有对中华文化传承发展、中华文化特色与生命力的感悟与心得；既有对中国式现代化、全球化时代中国文化路线图的憧憬与期盼，也有对当代文坛名家新作的关照、对自己旧作的总结与反思。"文章合为时而著，歌诗合为事而作"。王蒙的这些作品连同他的小说一道，展现出了这位伟大作家的卓越才华与独特匠心，展现出了这位少共出身的人民艺术家的初心与使命、情怀与担当。

希望本书的出版能对广大读者理解中华文化，增强文化自信，建设社会主义现代化国家有所裨益。

人民出版社

2023 年 10 月

目　录

二〇二二年

二〇二三年

彰显中华文明突出特性
推进中国式现代化

习近平总书记在文化传承发展座谈会上的讲话中提出中华文明所具有的五方面突出特性：连续性、创新性、统一性、包容性、和平性。这是一个重要的宣示。这是对于中华优秀传统文化具有的根本性意义的总括梳理与开拓引领，是建设中华民族现代文明的资源底蕴，是党的文化战略筹谋的内涵渊源，是对于中国当今道路、理论、制度与文化选择的追根溯源与深度阐释。

五方面突出特性的阐述，是一个整体，有着互文互补、互为因果的逻辑关系。连续性是深厚的品质；创新性是连续与发展的保证；统一性是中华文明的凝聚力与整合性；包容性是内涵的丰沛与创新的契机；和平性是我们的文明主题与对人类的贡献。

栉风沐雨　连续不断

中华文明的连续性，不是偶然的。

首先从文化本身来看，中华文明提倡一种迎难而上、披荆斩棘、坚忍不拔的精神。愚公移山、卧薪尝胆、精卫填海、刑天舞干戚、铁杵磨成针，直至20世纪中国共产党人为了民族解放而抛头颅洒热血以及感天动地的二万五千里长征，都是罕有其匹。

其次，我们的文化强调实事求是、知行结合。士人治学，首要在于修齐治平、经世致用，"行远自迩，登高自卑"；同时，强调"脚踏实地""千里之行始于足下"。改革开放中，邓小平同志提倡"实事求是"，以"空谈误国，实干兴邦"的奋斗和"摸着石头过河"的探索，因应调整，带领中国人民走出了一条中国式发展前进的路径。

我们的文明中还有一种颠扑不破、辩证统一、灵活机动、祸福相倚、穷通转化的哲学与谋略智慧。中华文明提倡"惟精惟一，允执厥中"，既精诚于大道之行，又专注于术的精准运用，引领中华民族一次次转危为安、遇难呈祥。

源远流长的中华文明生生不息、自成体系，屹立于世界文明之林，这是中华文明的光荣与伟大。同时旧邦新命，一个古老的极具特色的大国，面对日新月异的世界变局，必然要承受动荡挑战、艰难困苦。我们拥有光辉的成就，也不乏多灾多难的锤炼；得到多方的敬意，也在近现代落后挨打，饱受侵略、宰割和耻辱；我们拥有悠久与丰厚的、古道热肠的文化资源，也为科技的落后与国力的衰退而痛苦反思、艰难求索。

终于换了人间。历史经验与文化积累、中华精神与中华智慧，多方面地深入炎黄儿女心魂，成就了中国共产党人领导的人民革命、改天换地、建设社会主义、实现中国式现代化的理念与惊天功业，谱写了中华民族现代文明的崭新篇章。我们比任何时候都更接近于实现中华民族伟大复兴的中国梦。

中华文化是中国的力量所在，是同心同德的凝聚力所在，是独立自主的荣誉尊严所在。一次又一次，正是中华文明以自己的仁爱、礼义、和穆的正道理念，经世致用的有效性与可操作性，多彩多姿的活力与吸引力，己所不欲、勿施于人的入理入情的说服力和感召力，化解了中华民族内部的纷争，阻遏了域外森林法则的野蛮与霸权暴力，成就了中华民族与中华文明的传承与兴旺、发展与连续，彰显了别具特色的东方文明的伟大存在。

创新注入持久活力

站在奔流不息的大河之滨，孔子发出过千年慨叹："逝者如斯夫，不舍昼夜。"《礼记》早就讲"苟日新，又日新，日日新"，《周易》上说的是"穷则变，变则通，通则久"。中国文化的根系中自来就有着求新求变的改革与创新意识。

守正与创新，是互为依存的两个方面。李白哀叹的"白发死章句"的腐儒，并非守正，而是守旧，是泥古；张之洞受教于鹿传霖的"厉行新政，不悖旧章"，从他主观上来说，是要守正而不守旧。但只有中国共产党最为彻底地实现了对于中华优秀传统文化的守正创新，领导着中国人民走上统一之路、复兴之路。创新是一种文明得以持续发展的最为重要的品质，是文化得以传承、发展的助推器。没有一代代志士仁人的勠力担当和智慧贡献，就没有中华文化的与时俱进、焕发生机。

又到了历史的关头。在改革开放取得巨大成就的基础上，面对新的国内国际局势，我们党勇于接受新事物，从未停止过创新的步伐。党的十八大以来，以习近平同志为核心的党中央在治国理政、从严治党、经济发展、科技创新等方面，都有新的政策、布局和策略，而且目光长远、视野宏阔，使中国共产党面貌一新，经济发展面貌一新，国防建设面貌一新，也使马克思主义理论在我国的实践为之一新，使我国人民的精神文化面貌为之一新。

有统一才有人民福祉

统一性是中华民族的信念所在，自古以来，国家分裂、山河破碎，自然没有安居乐业可言；反之，国家统一、多元一体、万众一心，能创造最大的福祉。中国人对于统一的认知，把个人命运与家国命运紧紧结合在一起，成为一种根深蒂固的国家观与世界观。

中华民族历史上，凡是在统一大业中建立功勋的人物，往往被尊为可歌可泣的英雄，受到人民的拥戴与歌颂。南宋将领文天祥在国家分裂时写下"山河破碎风飘絮，身世浮沉雨打萍"的悲声；诗人陆游在临终之际留下了"王师北定中原日，家祭无忘告乃翁"的叮嘱。方志敏烈士在列强横行时发出呐喊："目前的中国，固然是江山破碎，国弊民穷，但谁能断言，中国没有一个光明的前途呢？"中国人民正是基于对国家统一民族不亡的集体认同，紧紧地团结在中国共产党所扛起的民族独立民族解放的大旗之下，形成了广泛的统一战线，方才取得了抗日战争与人民民主革命的伟大胜利。

中国是一个多民族国家，中国人早已形成了这样一种思维模式：56个民族一家亲。我在新疆生活工作16年，那里有许多少数民族同胞，与8个国家接壤。我亲身感受到，新疆各族人民团结友爱，心向祖国，始终与内地人民保持着荣辱与共、祸福相倚的紧密关系，他们惟愿在中华民族这个多元一体的大家庭中，与祖国人民共同进步、共同富裕。

中华民族历史上，除了短暂时间和局部地区，没有排他性全国宗教信仰。古代民间有百样俱全的多神崇拜，朝廷与社会士人对之持包容与尊重态度，同时警惕它的极端化邪教化可能。另一方面士人精英则注意于终极概念的研讨，提倡的是对于天地、大道、仁德的信仰，而不是人格神的灵验与做主。"未知生，安知死""六合之外存而不论"的超等智慧，使中华民族在相当程度上避免或弱化了宗教与政权的龃龉或合谋，也减少了不同宗教信仰间的火并混战。新中国成立以来所实行的宗教政策，与民族区域自治制度同样行之有效，促进了各种宗教与信仰和睦相处，生态和谐、社会稳定，同样证明了国家统一的人心所向。

再以汉字为例。汉字的多重信息特质，达到了不同方言在文字上的一致，大大有利于国家的统一。普通话以北方方言为基础，而北京地方话又由于兄弟民族的入主和民族杂居，吸收保留了不少北方民族的语言因素，丰富了北京地方话的词汇与发音，成就了中华民族共同创造普通话的佳话。

中华文明的统一是多元一体的统一，是中华文化罕有的凝聚力包容性与整合能力的统一，是连续性与创新性的统一。如今我们推动的是全过程人民民主基础上的统一。这样的统一是经得住历史考验的，是难以撼动的。

兼收并蓄　开放包容

包容性体现的是一种以文化自信为基础，进一步打开学习发展空间的大气魄。"见贤思齐，见不贤而内自省"，我们的文明是善于学习、勇于拿来的文明。兼收并蓄需要足够自信，吸收消化需要创造的能力。

中华文化的包容性中还含有一种"仁爱""公正""与人为善"的胸怀。中国人懂得，自己好，也应该让别人好，"各美其美，美人之美，美美与共，天下大同"，才是正道。

中国改革开放的成功实践，就是中华文化包容性的最好体现。中国自从打开了向世界开放的大门，就再也没有关上。几十年来，中国人在引进、学习、消化、吸收的基础上，稳扎稳打，以中华文化赋予我们的智慧，再创造、辟新道，一步步跃上了新台阶，使中国成为世界第二大经济体，成为文化大国和科技大国。

和平发展　推动构建人类命运共同体

和平性，既是中华文化追求的目标，也是达到目标的手段。

孔子讲"为政以德""道之以德，齐之以礼，有耻且格"。中华文明中有一种文化立国、文明治国、注重教化、建立礼义社会的理想。中华文化注重的是权力的合道性，是对于君子文明的提倡与对于权力的道德引导。

面临前所未有的世界变局，我们更加强调的是构建人类命运共同体。习近平总书记"一带一路"倡议的提出和实践，是中国对世界乱局做出的最好回应。我们提倡交流互鉴，不搞霸权，不搞团伙，强调多元互利双赢，中国已经成为国际公认的维护世界和平的重要力量。

我们今天讨论中华文明的突出特性，不是重温，不是复古，正是为了进一步创造，为了更大的发展，为了进一步推动中国式现代化，推动世界和平。我们的讨论，着眼于中华优秀传统文化与中国式现代化的接轨，着眼于中华民族现代文明建设，这样做的结果，应该使我们更加自信，更加珍惜，也更加坚定。

（原载《人民日报》2023 年 8 月 29 日）

二〇二一年

文学里的党史与党史中的文学

重视文学，是国际共产主义运动的一个特色，不仅仅是中国，而中国尤其鲜明。

第一，1921 年，也就是 100 年前，当时推动中国共产党建党的，有一批文化人，陈独秀是文学家。我们讲文学史永远不可能不讲新文化运动、白话文运动。陈独秀写着各种各样的文章，他的豪言壮语是：给我十年时间编《新青年》，我要唤醒所有的中国人。李大钊的散文，那种感情、那种理论、那种信念，那种动人肝肠、感人肺腑的痛陈疾呼，在文学史上也是无与伦比的。烈士方志敏的文章一样的强烈真挚。当然更重要的是瞿秋白，瞿秋白是一个大作家，在我的少年时代已经非常感动地阅读他的《饿乡纪程》与《赤都心史》。他担任过党的主要负责人。共产党某种意义上是容易接受左翼文人、进步文人的，他们是较早接受了马克思主义的一个群体。

毛泽东的诗词与书法独树一帜，永垂不朽。我们也不会忘记陈毅的《赣南游击词》与《梅岭三章》，还有那么多感天动地的革命烈士诗作。

第二，共产党建党的时候，和帝国主义、封建主义、官僚资本主义、国民党以及各个军阀相比，共产党太弱小了，什么都没有，军事实力、国家机器、政法系统、财富、金融以及一切的资源、一切的硬实力都在反动派手里。但是共产党建立起来了，而且最后取得了胜利。在建党的时候，靠的是文化优势，靠的是软实力，靠的是理论优势、信念优势，靠的是马克思主义，靠的是中国传统文化中有那么一些很容易和社会主义、共产主义思想接轨的东西，比如说"世界大同""天下为公""老吾老以及人之老，幼吾幼以及人之幼""得民心者得天下""邦有道则知，邦无道则愚"，以及老子提出的天道与人道的差别，"天之道，损有余而补不足；人之道，损不足以奉有余"，而所有的革命和起义都有"替天行道"这样一个口号，也就是要开仓放粮，削富济贫。

1940 年，在《新民主主义论》当中，毛泽东提出国民党对共产党进行了两个"围剿"：一个是军事"围剿"，"围剿"的结果是红军进行了两万五千里长征；另一个是文化"围剿"，毛泽东说，在白区的文化机构里头，我们共产党一个人也没有，我们没有抵抗的力量，但是文化"围剿"对于国民党而言是完全的失败，根本就进行不下去，这个是值得人深思的。也就是说，鲁迅代表的中国的有良心的作家，从内心里就是反对蒋介石国民党反动派的文化"围剿"的。

这让我想到一个文化方面的大人物曾经跟我说过的话，他说在文化上、文艺上、思想理论上，某种意义上说中国的革命比苏俄的革命更成熟。苏联十月革命的时候，最同情革命、拥护革命的高尔基也被吓跑了，最著名的指挥家、音乐家，还有一大批作家，其中包括后来对斯大林非常崇敬的阿·托尔斯泰与后来获得诺贝尔文学奖的作家蒲宁都吓跑了。但是，中国在 1949 年 10 月 1 日到来时是这样的：中国的作家、艺术家，从美国、英国、法国、日本，从全世界的各个角落，冒着各种的危险，冒着被国民党特务刺杀的生命危险回到祖国，大家云集北平，几乎全部都来了。老舍先生有一个说法，这是他的统计，他说跟着国民党到台湾去或国外去的大致占 10%，10 个作家里面只有 1 个跟着走，离开的人屈指可数。

第三，五四运动以来，新文化在客观上起了一个同情革命、推动革命、要求革命的作用，不仅左翼作家如此，许多非左翼作家也是这样。鲁迅就不必说了，他有非常明确的对待国民党反动派的批判态度和对于马克思主义的接受的说法。郭沫若也是一个非常重要的人物，从政治经历来说，他曾经当面拍着桌子痛骂蒋介石，他写的《屈原》抗日战争时期在重庆上演，那样震动人心，当然他的新诗是划时代的，他的戏剧《虎符》《蔡文姬》等，影响很大，还可以讲一大堆他的甲骨文研究、文学翻译方面的贡献，不仅是文学的巨大贡献，更是对革命、对社会、对历史的巨大贡献。为什么我专门要说一下这个呢，因为现在所谓的民间，有一种无知的糊涂的低层次的思维，就是逮机会就骂郭沫若，这是非常令人反感的，而且几乎都是无端的攻击。茅盾1921年入党，大革命失败以后与党组织失去联系，1981年，中共中央做出决定，恢复茅盾中国共产党党籍，党龄从1921年算起。巴金早期的确很难说是马克思主义者，他算不算无政府主义者，我也说不太清楚，但是巴金的作品是鼓励人们革命的，你看《灭亡》和《新生》，这是他幻想的革命，可是你看看他的幻想革命的小说，你就要想革命，而要革命，你只可能走一条路，就是跟着共产党走。老舍在1949年以前也不是共产主义者，但是读完《骆驼祥子》，也让人相信革命。新中国成立前，我和一位师友发生过一个小的争论。他问我最近看什么书，我说看《骆驼祥子》，他就表示好像看老舍的东西不理想，我说看完《骆驼祥子》会激起你的革命热情。曹禺的《日出》《雷雨》《原野》《北京人》，几乎没有一个不是鼓励你批判的。有人说曹禺的《蜕变》寄托了对国民党政权的某些幻想，这个说法是没有道理的，因为曹禺不可能在抗日战争期间歌颂平型关战役或者百团大战，也不可能写歌颂彭德怀等人的文章，这是脱离实际的。我还喜欢举谢冰心的例子。谢冰心是一个爱国主义者，是一个很高尚很高贵的人物，她当然没有参加共产主义革命，也没有打游击或者参加地下党，但是谢冰心新中国成立前有一个小说《去国》，写一个叫英士的留学生回到中国以后，屡屡碰壁，一切爱国报国之心全部都化为乌有，最后只能再一次离开中国，这个也是具有很强批判性的。

所以，我们可以看出来，文学在中国从来是革命的元素，是革命的一个契机，是人民革命思潮的一种表现。当然，还有一批作家，后来直接加入了解放区的文艺工作者队伍，比如丁玲、艾青、萧军、欧阳山、周扬等。艾青同志曾保留着一封毛主席给他写的信的原件，甚至能背诵下来。内容就是毛主席约他去杨家岭驻地聊天，而且信里边还提到说这两天下雨，你过来渡河不好过，我派一匹马去接你一下。另外，毛主席还给萧军写过信，因为萧军脾气比较暴躁，毛主席就像大哥哥一样批评他，说不要这么暴躁，对别人对你自己都没有什么好处。

在革命根据地，1942 年毛主席《在延安文艺座谈会上的讲话》推动了文学艺术工作者的革命化、工农兵人民化、与对人民生活的深入与理解，党提出的民族的科学的大众的方针，简明准确，深入浅出。解放区的文艺运动与作品也给人非常大的影响，例如《兄妹开荒》《白毛女》《李有才板话》和《小二黑结婚》。我读赵树理的时候，激动得简直就没法活，我不能想象世界上有这样的文学，能这么好地跟人民结合起来，和人民的语言结合起来，不带翻译腔，不带知识分子腔。

另外，我还想提一下在白区的，就是没有到根据地去、但是也起着很不一般的作用的大作家、文学家，一个是阳翰笙，一个是夏衍，他们实际上是白区的一个工作点，许多人要到解放区去，都是通过他们。中央电视台播出的《绝密使命》写十年内战时期的各种交通站，阳翰笙和夏衍也是"交通站"。阳翰笙同志曾经照顾过李鹏同志，李鹏同志的父亲李硕勋同志牺牲了，阳翰笙同志照顾作为烈士子弟的李鹏同志的行程和安全。阳翰笙同志去世后有一个追思会，李鹏同志也参加了，这种关系之密切令人难忘。

第四，我们谈论中国文学的时候，一定不能不谈在中国翻译和引进的外国文学，因为它在中国起的作用非常大。首先是俄苏文学，很多人走向革命离不开俄苏文学，到现在我还记得怎么和地下党建立的关系：我当时在北京平民中学就是现在的四十一中，我参加学校讲演比赛，变成了一个小明星，我们学校还有一个垒球大明星叫何平，他见着我，他说小王蒙最近看什么书呢，我说我看的都是一些批判性的书，我说我思想左倾，一下子他眼睛就放光了，因为他是地下党。他当天就把我约到他家里去，给我看了两本书，一本是华岗的《社会发展史纲》，再一个就是苏联瓦西列夫斯卡娅的《虹》。我学的第一首革命歌曲是《喀秋莎》。法捷耶夫是我最喜欢的一个作家，他的《青年近卫军》给我的印象非常深。当然，法捷耶夫的人生也引起我极大的感慨，因为在苏共二十大以后，法捷耶夫自杀了，这个事让我心里非常难过，但是即使这样，法捷耶夫的文章中那种从内心最深处发出的对社会主义、共产主义的追求，他的那种境界、那种思想、那种纯粹、那种"初心"，至今让我为之泪下，我愿意向法捷耶夫行礼，我仍然要表达我对他的崇拜。

谈到世界文学，我还有一个非常个人化的体会，就是一批批判现实主义作家，虽然不是共产主义者，实际上就跟我说的鲁郭茅巴老曹一样，也起了推动俄罗斯革命的作用。契诃夫是和革命最没有关系的，但是契诃夫的最后一篇小说《新娘》，写一个中产阶级的新娘，在她快要结婚的时候，忽然感觉一切是那样无聊，她逃婚了，参加革命去了。还有陀思妥耶夫斯基，他的《被侮辱与被损害的》，由后来担任中国作协党组书记的著名作家邵荃麟翻译，"被侮辱与被损害的"，我认为这是共产党搞革命的一个关键语言，就是要为"被侮辱与被损害的"人谋幸福、谋翻身，这是一个旗帜，把革命鼓动起来、宣传起来，将正义性表现出来。陀思妥耶夫斯基本人坚决反对暴力革命，所以高尔基找机会就骂他，但是"被侮辱与被损害的"这个标题太厉害了，读来让我热血沸腾，人怎么能够被侮辱？人怎么能够被损害？被侮辱与被损害的怎么能够不反抗呢？还有，托尔斯泰被列宁称为俄罗斯革命的一面镜子，说他是最天才、最清醒的现实主义作家。

再扩大一点，英国、法国的那些现实主义作家，他也都有一种鼓动社会革命，鼓动追求社会主义、共产主义的力量。比如狄更斯的《双城记》《雾都孤儿》，比如巴尔扎克的《人间喜剧》、雨果的《悲惨世界》。所以，一些现实主义文学很具有亲革命性、亲左翼思想性，有一种亲共产主义性。更不要说法共作家阿拉贡，他的名著就叫《共产党人》，他逝世时法国为他举行了国葬。匈牙利文学理论家卢卡契，其历史地位也是非常崇高伟大的。

第五，中华人民共和国成立以后，革命、建设、发展、改革开放，推动了全新的文学语境文学受众与文学氛围的形成。对于旧中国遗留下来的封建迷信、丑恶势力，对于文化上的空虚、懒惰、停滞、苟且、低级、无病呻吟与病态悲观等进行了反复扫荡，然后是扫盲、卫生、体育、文化、出版等各项事业的发达，形成了我们充实、健康、建设性的文化主调，带来了文化发展文学发展教育发展的前所未有的可能性。

1949 年以后，我们的革命文学也发生了一些曲折，有些文学战线上的政治运动后来证明不一定妥当，由于革命的惯性，由于某些简单化急性病，在人民夺取政权以后有些事还习惯用阶级斗争化的方式来解决，也有处理的不妥当的地方，这方面我们积累了丰富的与厚重的经验，需要牢记。

但是我们也还要看到，在文学上我们有很多想法实现了。比如希望更多的劳动人民拿起笔来，这是毛主席的思想，这个实现了。我们有农民作家乔典运，工人作家胡万春、蒋子龙，曾经还有高玉宝、崔八娃。还有一个理想，就是让更多的人接受文学。

同时，党中央重要的文艺思想是希望作家到工农兵群众中去，到大众中去，尤其是到农村去，这个也是前所未有的，有些人虽然本身并不是地地道道的农民。我们知道在解放区的时候，丁玲写了《太阳照在桑干河上》，周立波写了《暴风骤雨》，康濯写了《我的两家房东》，柯蓝写了《洋铁桶的故事》，还有马烽、西戎的《吕梁英雄传》。所以，"深入生活"对作家的创作来说的确具有重要意义，同时，也使我们的文学呈现出一些不一样的情况。就我个人来说，虽然我是在一种特殊的情况下去的新疆，但客观上我也等于践行了和农民同吃同住同劳动的号召，而且我是和边疆少数民族的农民在一起，这种生活，给我的文艺创作带来了一些新的气象。

第六，从文学中的党史来说，新中国成立以后我们有许多作品和党史有关，比如说写大革命的《三家巷》《大浪淘沙》，写第二次国内革命战争时期的《闪闪的红星》，写抗日战争、十年内战、大革命晚期的《小城春秋》，还有根据陶承《我的一家》拍摄成的影片《革命家庭》、李六如的《六十年的变迁》等，都有助于我们从某一个角度了解党史。抗日战争时期和解放战争时期的作品就更多了，例如《红日》《风云初记》《林海雪原》《苦菜花》《保卫延安》《红岩》《野火春风斗古城》《铁道游击队》，对我们的革命文学、党史教育起到很大作用。

谈到抗日，不能不谈到《黄河大合唱》，以往大家都把它作为一个音乐作品，但是它也是文学作品，它是光未然的诗。我想起歌唱家王昆同志曾经跟我说过，有一次老解放区几位歌唱家回忆起来，当年人民解放军的军力没法和国民党比，但是共产党有革命歌曲鼓舞士气，国民党没歌可唱。这一点，台湾的一位诗人，一次聊天时他认为这个分析太对了。他说他在台湾上中学的时候，春游时大家无歌可唱，刚一唱贺绿汀的《清流》："门前一道清流，夹岸两行垂柳，风景年年依旧，只有那流水总是一去不回头，流水啊！请你莫把光阴带走。"这本来与政治无关，但贺老师是中共党员，是共产党的文化领导干部，这就让他们无歌可唱。中国有一个传统，就是军事的胜负容易和唱歌连起来，胜利者唱的是凯歌，失败者是怎样的呢？他们叫作"四面楚歌"！

反映 1949 年以后生活的文学作品有《创业史》《山乡巨变》《谁是最可爱的人》《团圆》……琳琅满目。这里头又出现了许多新的课题，比如说娱乐性，这也是正常的，作为一个执政党，让老百姓健康娱乐是很重要的文化使命。所以，对于 1949 年以后，我觉得我们可以更宽泛地理解，因为和夺取政权的那个时代又不完全一样，我们的文学起的作用既有政治教育作用，也有娱乐休闲作用，甚至也有所谓精神消费性作用。就拿我们引进的一些不是中国内地的作品来说，我们也可以看得出来，我们的文学生活是越来越丰富，我们的路子越来越宽，比如说，金庸的一大批作品在中国大陆大量出版大量翻印。我们的翻译作品，它的广泛性也是前所未有，包括现实主义、超现实主义，也有现代主义，我们的文学生活应该是强国大国发展状况的呈现。

但是再广泛，我们仍然有一个主调，仍然有实现中华民族伟大复兴这样一个中国梦的主调。我们看 2035 年远景规划，那里边提到文化强国、教育强国、人才强国、体育强国、健康中国等，都是对于整个国家的全局性的愿景和规划。所以，在庆祝中国共产党成立 100 周年，回顾党的 100 年的历程和中国文学 100

年的历程时，里边有许多让我们受到鼓舞，也得到经验的事情。最后，我再讲几点结论：

一、出自对于理想的追求、对于半殖民地半封建的旧中国的痛心疾首，出自对于民族精神的解放与振奋的期待、对于实现中华民族伟大复兴的中国梦的执著，文学的激情与理想必然发展深化成为革命的激情与理想，必然深化为习近平新时代中国特色社会主义思想建设发展的激情与理想。中国现当代文学汇入党领导的革命洪流，是历史的必然。

二、对于被压迫被剥削的劳苦大众的民胞物与之心，对于正义、幸福、和谐的社会主义社会的希望，使中国作家必然认同习近平总书记"以人民为中心"的重要论述，必然拥护习近平总书记文艺工作座谈会上提出的思想与方向。

三、我们的文学写作者要珍惜百年来文学与党的事业的紧密联系，珍惜我们的经验与智慧，学大局、识大体、知大势，明党心、国心、民心与构建人类命运共同体之心，勇于创新，乐于发展，解放思想，为人民、为子孙万代，为世界、为一个一百年与又一个一百年，呕心沥血，让作品说话，留下我们这一代写作人的文学丰碑。

四、为了实现 2035 年建成文化强国的远景规划，我们在发展文化教育、提高阅读与出版事业水平、培育砥砺青年作家、展示文学人才阵容与当代经典作品阵容方面，任重道远。这一切，都要在党的切实与全面的领导下扎实进行。

（本文系 2021 年 5 月 27 日王蒙在中国海洋大学作的讲话）

读荀恨晚

荀子曾经与孟子齐名。前者主张性恶，后者主张性善。当然，孟子衔居"亚圣"，荀子在后世的影响比不上人家，这与时间的先后次序有关，也与性恶说在中国不占上风有关。传统文化是注重感情的文化，说人生而性恶，民众士人感情上都不好通过。

但荀子的重点不是骇人听闻、痛心疾首地揭露、拷问与哀叹人间的恶人恶行恶性恶情，像某些作家如雨果、陀思妥耶夫斯基写到诸恶时那样。荀子的调子是人类生而难免有欲有私有争有恶，惜哉痛哉怜哉。荀子的性恶论带有怨而不怒、哀而不伤的特色。他的性恶说，重点不是控诉、审判、斥责人世间与人类的低劣本性，而是强调礼义教化的不可或缺，圣王教化与管理不可或缺。他强调的是：仁义道德有赖于后天人文文化、圣贤文化、规范秩序培养、严刑峻法惩戒，还有天子与诸侯既仁爱又强势的治理。然后才能抑恶扬善，化恶为仁，在内圣外王的圣王带领下，构建天下归仁的太平与福祉。

荀子的性恶论易于与韩非子等的法家论述接轨，但荀子儒法兼收，儒学为主，在认同法、刑的重要意义同时，尤其强调仁心仁德、为政以德、教化至上、圣贤（精神导师）至上，强调礼制法制的严格规范性；同时，对于老人、残疾人、边缘之人等也有各种变通通融折扣的柔性思路。在某种意义上，荀子的性恶论有他的先进与务实处，与孔孟相比较，荀子接地气多一些，高大浪漫的调门降了一些。

"左之左之，君子宜之，右之右之，君子有之"，荀子含义丰富地引用并称颂《诗经》上的这两句诗，连通了孟子"资之深，则取之左右逢其原"的名言，表现了他对于治理的立体性、多面性与可调整性的认知。尽管后世对这些说法有不无呆板与平庸自囿直至与原义相悖的解释，我们还是可以看出，一个真正追求经世致用，并能联系治国平天下实际的大儒，与只会寻章摘句的腐儒截然不同。前者能坚持义理原则，也能具体地分析具体情状，还懂得开拓思路，调整部署。而后者，只能把活学问把智慧的能动性搞成较劲的、缩手缩脚的死定义。

以礼经国、以乐辅礼、助礼、饰礼，以圣贤制礼乐，以德为政，以仁厚服人取天下，以严刑峻法保持威慑，以战车军备御敌，以圣贤伟士人才自强，这是荀子之道的全面性、复合性与整体性。荀子最好的理想是备暴力强迫手段而不用，以软实力赢取民心——以王道得天下。这实在是极有特色的中华文化传统。

仁心在内，礼制在外，有阶级尊卑的秩序规则，有文质彬彬的言语举止，有对于犯上作乱的警惕禁忌惩戒，有兢兢业业的自我约束，有正心诚意慎独的自我自律修养，有以礼为先为美的舆论共识，有是非荣辱之心，存是去非，求荣知耻，乃有规格、格调、正理、章法：生老病死、和战吉凶、朝廷内外、生杀予夺、民生百事、社会分工、资源分定、祭奠庄严、宗教神祇，都有礼乐、引领、规则、章法、节奏全覆盖，社会自然高雅太平，举止文明，各安其位，无乱无争，无邪少恶。

而且，早在两千多年前荀子就指出："祭者，志意思慕之情也。忠信爱敬之至矣，礼节文貌之盛矣……其在君子以为人道也，其在百姓以为鬼事也。"这样的论述，既尊重人们的感受与习俗，又强调了礼的文化意义，而与愚昧迷信拉开了距离，其立论之清醒与实事求是，至今难出其右。

荀子相当平静地指出了欲与恶的存在，既保持了敬天的基因，又面对了天与人的区分与实际距离，提出与其和天较劲、不如致力于人事的纲领。同时荀子在中国传统文化论述中罕见地肯定了人欲的不可能去除、不必上火针砭、不需深恶痛绝。生而有欲乃至多欲，是正常的，是无法消灭的，不应该向大众提出压制或消灭欲望的口号。问题不在于有欲无欲，而在于你的欲导引了你的什么行为，有欲则可，因欲而行为不端、无礼违法则断然不允。以礼义规范欲，乃是文明；而以为可以以礼义消灭欲，则是狂悖呓语。在中华传统文化的戒欲防欲制欲主流中，荀子为欲有所辩护通融，也是一家之言而振聋发聩。

孟子的性善论则给儒家思想披上了美好理想，成为人间乐园、美德治平、天生孝悌的幸福长衫。天性即是人性，天心即是人心，天性善，这是儒家天人合一主张的重点。而老子天地不仁的说法，大大降低了人们对待天地、自然、世界的自作多情——酸的馒头（sentimental）。

荀子尤其强调礼，强调礼的文化性、规范性、治理性、祛恶性、和平性，同时强调礼的前提是义——道义与原则。道义与原则践行在外，诚于中而形于外，暖和于中而严正于外，乃构成礼——彬彬有礼、谦谦君子、以文化人、永不生乱。

一方面荀子介绍古礼，细致生动具体有趣，入情入理，可亲可爱；一方面，荀子又借孔子之口讲论：比起戴什么样的帽子的礼数来说，权力系统的人——天子、诸侯、公卿，更应该关心的是仁心人心良知正道。

比起《论语》《孟子》来说，《荀子》的篇幅要大得多。他讲的许多问题比较细、比较切合实情。

荀子专门讲了君道——天子、帝王、君王之道，强调一切都要遵循效仿唐尧、虞舜、夏禹、商汤、文王、武王、周公。同时荀子又提出了"法后王"观点：他不搞复古，不认为中华文化唯古是瞻、越古越好。他倒还没有提出厚今薄古，但颇有些厚古更厚今、活在当下的意思。他提出道义仁礼德的观念，认为这些带有终极价值意义的范畴其实是来自天地榜样垂范，来自圣人教化，是高于权势的，是决定权势被承载拥戴、抑或被颠覆毁灭之不同命运的，是具有崇高性权威性不可逆性的。他认为君王与贤良是要知天命的，是不可违背天命的，正如今日之强调不能违背历史与社会的发展规律。同时他又提出了圣人"不求知天"的重大命题：不赞成将心智用在宗教式的终极形而上空泛高论或占卜式的猜测赌博上，而是认同人间正道，认识人间的可与不可、能与不能、义与非义、礼与非礼，有所选择有所把握，有所修为，这甚至令人想起让·保罗·萨特的无神论的存在主义，想起萨特的"存在先于本质"。而荀子关心的首要，不在于萨特式知识分子的选择，而是君王权力系统的选择。荀子认为，坚持礼义与礼制，在不同的等级层次上践行守护仁德，搞清名分，确定万民万事（日理）万机的统类——性质，也就是孔子强调的正名，是治国理政的首要。

王者不仅合乎天道儒道，荀子还讲王制，即王者的治理法度。他说："奸言，奸说，奸事，奸能，遁逃反侧之民，职而教之，须而待之，勉之以庆赏，惩之以刑罚。安职则畜，不安职则弃。五疾，上收而养之，材而事之，官施而衣食之，兼覆无遗。才行反时者死无赦。夫是之谓天德，是王者之政也。"意谓："对于说话、主张、做事耍手段、钻空子、不安分、偷奸使坏之人，要给予安置，加强教育，适当等待，有所鼓励引领，有所惩罚警示。能够接受安置的就让他们安定下来，不能接受安置的只好予以舍弃。""对于几种残疾人，君王要收养他们，使用他们的才具，救济他们的衣食，全面覆盖，不能遗漏。""而对于颠覆社会秩序的人，只能坚决处死，不能赦免。这样做，合于天道天德。这是王者的施政方略。"

这已经突破了儒学的为政以德、道之以德、齐之以礼的范畴和礼教，讲到一些精明强悍的用权手段和计谋了。虽然在其他地方，荀子多次反对治国理政的计谋化。

荀子讲正名，强调桀纣之类的独夫民贼、无道昏君，根本不能算君王，而伊尹、周公等的临时行使君王权柄，也绝非悖逆。荀子的治理思想，包含着对非治、悖逆形势的承认、解释与对策。

荀子强调：法者治之端（根据），君子，法之原。就是说要以人治保证法治。他说：明主，急得其人，闇主，急得其势，就是说，礼义第一，用人第二，炙手可热的权势只能叨陪第三。他的人治高于法治论现在看来也许不怎么对，但这些说法仍然惟妙惟肖，来自古代后代本土实践，令人觉得荀子实有朝廷官场政治生活经验，细腻详实。他描写的政治生活现象可闻可见可触可以务实评析，绝非凌空蹈虚之论。他没有孟子那样高调，但是比孟子扎实。操作起来，他认为天子、诸侯君王们的主要职责任务是用贤人、清奸佞、赏罚分明、绳墨公平。荀子甚至强调说天子君王是正道驱动者、布局者、指挥者与裁判者，而做事处理日常政务主要是靠你用的"相"，以及贤良臣子。荀子认为，有好人好用，天子诸侯可以劳逸适度，可以更多地享受生活，可以更主动地评价监督调配，高高在上，主动在己，进退咸宜；当然，这只能是一个角度。历史上的"明君"，更多是将决策与用人结合起来的。用毛主席的说法，是"出主意、用干部"，而邓小平的说法是："抓头头，抓方针。"

荀子讲臣，把臣子分为几种，一曰态臣，靠表态作态取宠信者是也；二曰篡臣，做官而扩张权势、穷奢极欲乃至架空君王者也；三曰功臣，取得信任，办实事者也；四曰圣臣，忠诚于君王，忠诚于正道，有所完善，有所谏争，不但出色完成了君命，而且树立了典范、优化了形象，改善各方对于权力系统的舆论观感者也。不用多说，这样的区分，相当地道！

荀子注意区分谄（媚）、忠（诚）、篡（夺）、国贼这四种为臣之道，荀子提出了谏、争、辅、拂这四种社稷之臣——国君之宝；并提出了从道不从君的说法。他高度评价了本土传统政治学对于谏争的讲究。

荀子对于君子小人的说法也极高妙。说小人为什么常戚戚呢？"小人其未得也，则忧不得；既已得之，又恐慌失之。是以有终身之忧，无一日之乐。"此说令人如见其人其事，忍俊不禁。

在论述到诸侯国势强弱的时候，荀子更强调的是软实力，是君王仁心，是民心向背，是君王的人格修养、道德形象、以文化人之力量。

书中还有乐论，被今人称之为"礼乐同构论"。荀子谈音乐的专门知识很少，强调的是重大礼仪上的音乐使人庄重，正派的音乐在培养礼敬、诚笃、恭顺、和谐的社会氛围、朝廷氛围、移风易俗方面具有巨大作用，同时严厉批评了墨子的非乐论。

荀子猛批墨子的狭隘、过度与呆木，荀子也极度轻蔑公孙龙等人的概念与逻辑推导质疑游戏；恰恰从中可以看出，墨子的许多适宜于较低生产力水平的政策设计如薄葬、废乐等等，与公孙龙的思维训练曾经发生了多么大的影响。我们从中还可以看到当时的士人对于被后世所称道的百家争鸣局面的负面感受。当然，荀子在具有充沛的使命担当、坚持正道的同时，似有学术思想上拘泥平面化一面。荀子极力为孔子的诛少正卯辩护，强调心达而险、行辟而坚、言伪而辩、记丑而博、顺非而泽，这五种具有异己色彩的人是小人中的桀雄，荀子认为这样可能的反对派，比刑事犯罪如盗窃更危险，必须诛杀无赦，这有点过线了。

我们可以从《荀子》中读到一些与法家乃至道家相通的思想：关于把握好赏罚、关于权力系统的治理需要与民心结合起来，还有看国家的力量不能只看地盘，更要看君王公卿受拥戴程度等等。我们会想起老子所讲的"功成事遂，百姓皆曰，我自然"，我们也会想起韩非的"明主之所道制其臣者，二柄而已矣。二柄者，刑德也"。这说明了荀子有后发优势，从孔到孟到荀，治理思想是有前进与发展的。

荀子的文字极有特色，写得有理有据、有声有色，有的地方痛快淋漓，有的地方无微不至，有的地方渊博丰富，有的地方大义凛然。读起来如飨大餐，丰厚全席。

整个说来，我个人，长期缺少对于荀子的认真关注与足够重视，近四年来，我读荀思荀，发挥荀，极有兴趣，痛感需要看重、再看重、多多看重荀子。

（原载《新华每日电讯》2021 年 1 月 8 日）

中国文化的特色与生命力

在党的十九大上，习近平总书记特别提出了什么是中国特色社会主义文化，指出"中国特色社会主义文化，源自于中华民族五千多年文明历史所孕育的中华优秀传统文化"。就是说，我们强调中华文化以丰富我们的精神资源，挖掘我们的历史传统，强化我们的文化自信。"熔铸于党领导人民在革命、建设、改革中创造的革命文化和社会主义先进文化"，"熔铸于"就是说传统文化已经进行了创造性转化和创新性发展，已经在革命、建设、改革当中得到了熔铸，形成了一套中国向前发展的、走向现代化的、而且是有中国特色的社会主义文化。"植根于中国特色社会主义伟大实践"，是说我们不管用多么大的热情宣传传统文化，不是回到汉代，不是回到清朝，也不是要回到民国，而是要建设自己的中国特色社会主义。我从一开始就非常反感1到9月份有些学校开学的时候穿的那种稀奇古怪的服装，而且捂得一身汗，甚至还要求背《三字经》、背《弟子规》，包括一些企业吸收工人时也要先背《弟子规》，如果都按《弟子规》的规矩办事，恐怕咱们工人的福利也许会出现问题。我们学传统文化不是要复古，而是要建设中国特色社会主义。

很早我就听赵启正先生说过，他有次带一个高级学者代表团在国外访问，到了一个国家，那个国家的人问道：你们到处讲中华文化博大精深，能不能稍微给我们讲几句怎么博大精深法？启正同志对同行一个学问最高的同志说，你讲一下。这个教授表示：没法讲，博大精深你能有法讲吗？又博大又精深，讲的话就得讲半年，开门课都可以。然而我说，怎么博大精深就没法讲了呢？我就觉得咱们得想办法让中华文化有法讲，讲得不太准确不太对可以，只要不断改进充实。所以我试一下，确有老虎吃天无从下口之感。有不成熟的地方或者硬伤的地方希望大家提出来，帮助我改正。

中华文化的"三性"

我认为中华文化有三种特性。

第一是积极性。自强不息、厚德载物，你或许不能解释清楚生命的来源、归宿与终极意义，但是你必须积极地履行你的道德义务，知其不可而为之，这是积极性。

第二是此岸性。但不完全是按佛学的观点来讲，而是说此生此世当下就是此岸。孔子的说法是："未知生，安知死"，"子不语怪力乱神"；荀子的说法是："圣人为不求知天"。不要求知天，但就在讲天道的一段里，荀子紧接着又说，想要了解天机、天意是不可能的，但是要尊重天的规律、天道、天理，这是可能的。人要敬畏"天"、服从"天"、顺着"天"来做事。就是说，要在这种不知道到底怎么回事、什么情况之下，还得好好地做好自己的事情。儒家讲"修齐治平"，道家讲无为而无不为，比如老子所谓"圣人无常心，以百姓之心为心"，其实也是讲另一种"修齐治平"。

第三个是经世致用性，跟前面说的两个都有关系。有一个很有趣的现象，就是德国哲学家黑格尔瞧不起孔子，黑格尔曾说读了《论语》（当然是译本）后，觉得还不如不读。不读的话他本来非常尊重这位东方的大圣人，读了以后却觉得都是一些常识性的问题，他甚至指出孔子缺少抽象思维的能力。相反，黑格尔非常佩服和喜欢老子，尤其喜欢他"知白守黑"的绝妙提法。然而法国哲学家伏尔泰却对孔子赞许有加。这个原因很简单，黑格尔是专家，是大学者，孔子不是专家，不是学者，孔子还嘲笑自己说：自己种地不如老农，种菜不如老圃，一定要问特长，我只能答是赶车。孔子要做的不是专家，不是学者，是圣人。圣人是什么？挽狂澜于既倒，在一个礼崩乐坏的时期，把这个社会能再整理到"克己复礼""天下归仁"。他的人品、他的言行举止都成为社会的榜样，都能改变社会风气，优化社会风气，使正在堕落的社会恢复到像西周一样"郁郁乎文哉"的时代。孔子还主张"君子不器"，他看不起那种只会一两样绝活的人，他倡导的是整套"修齐治平"之道，是要建立大同社会。伏尔泰与黑格尔不同，他觉得孔子太了不起了，"己所不欲，勿施于人"，把世界上复杂的问题用简单的道理讲清楚，而且既没提圣母玛丽亚，也没提耶稣基督。这是因为伏尔泰是启蒙主义者，他所碰到的论述者都是用《圣经》来解释，要用另外一个世界的神来解释。

中华文化的"三尚"

中华文化还有三尚。

第一点是"尚德"。这一点大家都明白，传统文化认为德是权力合法性的依据，"为政以德，譬如北辰。居其所而众星共之。"现在的提法也是以德为先。

我现在感兴趣的是第二点"尚一"。因为"一"代表天道，"一"代表太平，"一"代表幸福。孔子的说法就是"吾道一以贯之"。孟子的说法是"天下定于一"。老子的说法是"天得一以清，地得一以宁，神得一以灵，谷得一以盈，万物得一以生，侯王得一以为天下正"。同时我们对"一"的解释是非常复杂的。"一"是什么？"一"就是"多"的总和，用郭沫若的诗就是"一切的一，一的一切"。当然有更古老的考证，说"一切"来自《华严经》，并不是郭沫若的发明，中文这个"一切"也是很有意思的："一"是统一，"切"是许多的部分，既是"一"，又是"多"。天子的权力是"一"，但是得民心者得天下，民心是"多"，所以天子既是"一"，又是"多"，而这个"一"又是天道。"一"在中国有非常特殊的说法，首先是"天人合一"。有人提到说"天人合一"证明了中国早就关注环境，但那个时代环境问题并不突出。在"天人合一"中，体现了中国文化是一种循环论证——人性是美好的，人性是天生的，人性就是天性，天性集中起来再升华一下就是天道，那么天又是一个大的存在，天既是一个大的存在，又是一个道，而且"道法自然"，这里的"自然"跟我们讲的大自然意思并不一样，这里的自然不是主语也不是宾语，而是一个状语。什么叫"自然"呢？就是自己存在、自己运作、自己发展，这正是当今唯物主义的主旨。同时天又是高大上的概念综合。某种意义上，不管老百姓也好，圣人也好，实际上是把天看成上帝的，"苍穹"在汉英辞典里就翻译为god，就是天国。比如说颜子死了，孔子就说"天丧予"。这里的天就是指上帝，天不仅是指自然界的天。

我对《道德经》做过一个统计，就是"天"字用得比"道"字多得多。这里的"天"是一个终极概念、神性概念，但是它和人合一，因为人性虽然有不同的说法，基本上是善良的。老子也认为人性是善良的，所以他才问：你能回到婴儿时代的单纯、美好、善良吗？我还看到一位老师分析：为什么中国人容易接受马克思主义？因为马克思主张性善论，西方的许多法制的设计则是出自于性恶的预计。虽然他们没有像中国人这么明确地来谈，但是马克思、恩格斯认为：人的自私是私有财产所造成的，如果没有私有财产，人就不会自私。他们所希望的就是能够达到国家消灭、政党消灭、阶级消灭、警察消灭、军队消灭、法庭消灭，实际上达到了无为而治的最高理想。

以孔子为代表的论述：人性是善良的，是天生的，没有在家里不爱自己的双亲的人，这就是孝；没有不爱自己的兄弟姊妹的人，这就是悌；既然在家里孝悌，你出门就爱你的长上，爱你的君王，爱天子，你就不会犯上作乱，所以你就是有了忠、有了信，然后各种美德就越发展越多。这就是用人性来证明天道，用天道来指导政治。用天道来规范德行，就是道德。当然古时"德"的意思跟我们现在说的道德不完全一样，德很多时候指功能性的东西，规律性的东西是道。它又能用来证明这个世界的美好。孔子说，"天何言哉？四时行焉，万物生焉"。庄子说，"天地有大美而不言"，这样就肯定了物质的存在、自然的存在，然后又用道德来证明权力的合法性、权力的崇高性。儒家在谈到理想的政治的时候，总要以周文王为例。因为周在开始的时候封地很小，方圆才100多里，但由于文王道德高尚，所做的一切都符合天道，符合人道，符合神道，也符合自然之道，当时叫做天下，他就把全天下老百姓的心都凝聚起来了。用姚雪垠《李自成》里的说法：民心就是天心。

所以中国的这种"一"的观念，既是一，又是混杂的，又是什么都掺和到一块的，一中有多，多中有一，天人合一，天、神、人、道、政合一。还有一个观念是"知行合一"，既然以人心、人的道德为圭臬，既然心好了就什么事都好了，所以孔子说："导之以政，齐之以刑，民免而无耻。"就是说一个人如果没有人格的尊严，只能用一些行政上的刑罚手段管着他；"导之以德，齐之以礼，有耻且格"，则是说人要有尊严，而且有了格调，才能够提高。

中国文化中还有很多说法，外国人都不容易理解，比如我们说"不为良相，便为良医"。这个说法非常可爱，因为都要治病救人，都要同情别人的甘苦，都要施以援手。智愚也是可以统一的，《论语》里面多次出现这个话，就是该傻的时候要傻，该聪明的时候要聪明。"宁武子，邦有道则知，邦无道则愚。其知也可及，其愚也不可及。"

第三点是尚化。中华文化的尚化，早在庄子的时候就提出来了，叫做"与时俱化"。"穷则变，变则通，通则久"，"见贤思齐，见不贤而内自省"等均体现了"与时俱化"，学习与包容的"尚化"思想。

中华文化的"三道"

首先是君子之道。君子之道包括君子的一切，包括他的主张、行为和社会活动记录，也包括了他的言谈、话语、举止，包括了他的容色、面部表情。孔子要求到这一步，光尽赡养父母的责任还不叫孝，因为养一个动物也是养着，问题是容易"色难"，做到态度好并不容易。你觉着双亲老了，糊里糊涂，你的工作又多，于是开始烦他们，把钱往桌子上一扔，这个不叫孝。君子之道涵盖各个方面，要把君子之道分析得更加清晰。比如说"君子坦荡荡，小人长戚戚"。荀子谈到社会生活的时候比孔子还接地气，他形容君子既可以成功，也可以失败，小人成功不起，也失败不起，说得非常有趣。孟子也讲了关于孔子的一个故事，《论语》上并没有记载，我看了以后拍案叫绝。旁人问孟子：你整天说孔子多么伟大，孔子在鲁国做了几年大官，最后在主持一个祭祀时，竟然因为祭祀活动送来的熟肉不合乎标准而大怒，连主持祭祀的礼帽也没摘就辞职走了。孟子答道：你们懂什么？孔子为官是到处游历，来寻找实践自己政见的机会。其中，他受到最高礼遇之地是鲁国，但是快三年了，虽然鲁君对他态度一直很好，但是关于仁政、王道的思想却始终实现不了。孔子想辞职，但是又不希望酿成事件，不想有不良的影响，他还要在各地巡游寻找更好实现理想的机会，所以他必须和君王继续保持美好的关系，何况鲁君本来对他那么好，所以他要找个借口，这次肉不好就成了一个很好的借口。他宁愿让天下人说孔子这人急性子，但对鲁国没有什么影响。孔子对鲁国没有什么不满，这是符合君子之道的。所以孟子的分析算一绝。

第二是中庸之道。这一点孔子讲得很重，君子中庸，小人反中庸。中庸是什么意思呢？有一种说法，中不是指正中间的意思，"中"念四声，是准确的意思。庸也不是平庸，而是正常。中庸就是既准确又正常：不要不足，也不要过犹不及，这个在中国非常重要。西方的政治学讲究多元制衡，但中国作为一个大国有自己的国情，我们想实行权力分割、互相制约非发生内战不可，因此需要注意的是：中国不是靠制衡，而是靠中庸。三十年河东，三十年河西。在时间的纵轴上经常发生一种平衡和再平衡，在这种情况下讲中庸之道是有道理的。

1957 年在中国作协，我被邀请参加了批判丁玲、陈企霞的会议，连续开了好多次会议，我也受了教育。丁玲同志发言的时候提到：看一个人要看几十年，我当时听了吓一跳，因为当时我才 23 岁，要看几十年的话，那我还不能算人呢。我想，你"河东"时表现挺好，你"河西"时我再等你两年表现还好，这个人可用。如果河西的时候马上换了一副相貌，对不起我不用你。所以要看几十年，这也是中庸之道。

第三是韬晦坚韧之道。这个在其他国家的文化里是没有的，而在我们的神话里面就很丰富，如精卫填海、刑天舞干戚、愚公移山等等。还有豫让刺赵襄子的故事。豫让为了给恩主报仇，需要改变自己的容貌，所以浑身涂了油漆，然后还吞了炭来改变自己的嗓音，这都是不可想象的。还有越王勾践和赵氏孤儿的故事，中国自古就有这么一种看法，一个人要想干成点事就得受不可思议之苦，要在别人都认为不可能成功的时候，还能坚持下来。例如红军长征，就体现了这种苦斗精神。这种坚韧性、韬晦、以退为进，中国有很多这样的词汇，比如"忍辱负重"，想想这四个字有时候我的眼泪都能掉下来。

虽然刚才说了这么多有特色的地方，但是第一，它并不是奇葩，仍然和全世界的很多文化可以相通，比如"一就是一切，一切就是一"。我原来认为这是非常中国式的说法，但是 2016 年有一次我在旧金山渔人码头吃饭，回来的路上看见一个很大的商店，名字就叫"one is all"。我心想：美国人也懂这个？上网一查，有两个解释，一个说这是一个餐馆，这里什么饭菜都有；还有一个解释是这是家一元店，卖各种处理品，交一美元拿一样东西就走，所以也叫"一就是一切"。

第二，中国文化有它的有效性，有特别吸引人的地方。这一点我也说不清楚到底为什么，但起码有一条，就是中国的语言和文字是非常独特的，其信息的综合性和"尚一"有关系，一个字里面把什么意思都包括了，既有声音又有逻辑，既有形象又有结构。中国文化是一种有效的文化，又是一种能够自我调节的文化，一种随时能够改进的文化。为什么？比如孔子这句话我们一听就觉得了不起："见贤思齐焉，见不贤而内自省也。"见不贤而自省，那么联系一下，你有没有这样的问题？这是中国文化很了不起的地方。中国早就有些大人物，希望我们的文化能够不断地往前推进。中国文化推崇经世致用的人才，李白诗歌中讲到，"鲁叟谈五经，白发死章句。问以经济策，茫如坠烟雾。"他认为鲁国那些腐儒，实际上解决不了问题。李贺也是为艺术而艺术的人，但是连李贺的诗里头也写到："寻章摘句老雕虫，晓月当帘挂玉弓。不见年年辽海上，文章何处哭秋风。"后来的思想家朱熹、王阳明、王夫之等，也有这样一面。所以在中国，早就有对自身文化进行挑剔、期望它有所变化的思想。这和现在提出的"创造性转化、创新性发展"是一致的。

第三，我顺便谈一个观点，就是五四运动激活了中华文化、挽救了中华文化，五四运动使中华文化能够开始寻找自己走向现代化的道路，绝不是说颂扬我们优秀的传统文化就等于否认五四运动。最近由于疫情的考验，习近平总书记在抗击新冠肺炎疫情的表彰大会上强调，这是中国文化和中国精神的胜利，特别提到了：生命至上、举国同心、舍生忘死、尊重科学、命运与共。习近平总书记还讲到了，千百年来，中国人民就以生命力的顽强、凝聚力的深厚、忍耐力的坚韧、创造力的巨大而闻名于世，我们都为自己是中国人感到骄傲和自豪！

（本文系 2021 年 9 月 20 日王蒙在"远集坊"
第三十二期上的讲座内容）

全球化时代的中国文化路线图

21 世纪中国的和平发展，特别是全球化趋势，为中华文化的新机遇与新贡献提供了条件，给了我们新的观念与机遇：世界与中国，尤其在文化问题上，已不应是鸦片战争与庚子事变时期的零和、对立的关系，而是共生、共赢，有斗争也有和谐交流沟通，同时也有自己的独立个性的坚守的关系。

一、全球化：一个新的观念和机遇

关于全球化，我要说明一个观点，即全球化与现代化是一致的，讲到全球化与现代化的一致性，我们能看到，凡是有利于生产力发展的东西，很容易被不同的国家、不同的文化背景所吸收。一种技术，比如说电力、电脑、信息技术、材料技术、医疗技术、能源技术，正在飞速地惠及全球，被不同语言、不同国家用不同的编码吸收，你挡不住。而随着技术、贸易、金融的全球化，文化上的相互交流相互影响不能不增加。

而恰恰是全球化的势头，引起了地域和族群的警惕，人们在日新月异的发展大潮中看到了感到了地域文化的式微，感到了西方发达国家从文化上把自身抹杀与吃掉的危险，便更会加强文化爱国主义、民族主义、地方原生态文化珍惜的情绪与理念。例如，目前的中国，一面是普通话的普及，外语尤其是英语的学习热潮，另一面是方言与母语得到了空前的重视与保护，乃至出现了对于学习外语的反感。

某些文化歧义与碰撞，带来了冲击也带来了机遇。我们对于"双百"①"二为"②方针的坚守，将有利于文化的繁荣；我们对于文化人才的支持与尊重，将吸引各方人才为我所用。国家的文化操作，应该有利于更好地进行文化教育与创新、文化争鸣与讨论、文化传播与提升。

我们中华民族有非常辉煌的历史、辉煌的文化，但如果不吸

---

① "双百"：20世起50年代提出的关于发展文学艺术和科学技术的基本方针，"双百"即"百花齐放，百家争鸣"。
② "二为"：20世纪80年代提出的文学艺术要"为人民服务，为社会主义服务"。

收现代技术，我们就无法设想有一个现代化的、社会主义的、而且是不断向前发展的伟大祖国。任何一个国家的发展，都离不开世界。你不能脱离开这个进程。全球化给中国带来了发展机遇，中国能有今天的发展，离不开全世界经济发展的势头。

与许多国家不同，恰恰是中国，明确宣称了自身对于全球化的肯定，与对于民族文化、对于本土化的重视。这也是自古以来孔子式的"周而不比""和而不同""慎终追远"，庄子式的"与时俱化"，还有语出西汉刘向《晏子春秋》并为民间广泛接受的"识时务者为俊杰"与近现代的民粹、民本、民间文化传统。

目前，中国的经济与科学技术正在迅速地向全球一体化的方向发展。在新的语境下，我们中国文化显示了自己的再生能力，显示自己完全能够与时俱进，完全能够跟得上现代化、全球化的步伐，同时又保持我们自己文化的性格、特色、身份、魅力，表达了我们对中国文化的信心和自豪。

不同文化之间的交流与相互影响能够给各自的文化带来新的挑战与机遇，能大大丰富各自的文化，减少误解与敌意，促进各自文明与人类文明的共同发展。任何单一的文化，在发展到自以为几乎尽善尽美的同时，会遭遇巨大的危机：僵化，保守化，自足循环形成的陈陈相因与停滞不前，排他性，丧失活力等。这个时候，恰恰是他者文化的撞击与挑战，只要应对有方，就能够造成自身文化推陈出新的契机出现。

二、文化冲突与文化融合

全球化给中国这样的一些发展中国家带来了机遇，同时也引起了文化的焦虑。经济技术发展引起的全球化也带来了所谓的文化冲突。比较起来，中国因为有儒教的传统，有比较入世的传统，相对来说能够接受全球化当中追求进步、追求富裕、追求高生活质量的走向。

只看到不同文化间的冲突，看不到它们的互补、交流、融合与相互促进；强调文化之间的对立，如宗教与种族战争；怀着各种偏见，扩大不同文化之间的误解与敌意，这是文化沙文主义。完全否认多元文化之间的某些共同价值准则，这是文化相对主义。一心照搬域外的文化成品，是无视本土历史传统的文化虚无主义、分裂主义与文化乌托邦主义。

而比较理想的模式是多元文化之间的对话交流，求同存异，相互学习，相互理解，各自发展与共同发展。多元的文化有先进与落后的差别，有某些摩擦碰撞也有某些共同的价值准则。不论什么样的文化传统，承认先进文化的有效性与优势，接受人类文化特别是价值系统的某些共同准则：如和平、种族与性别平等、承认差别与互相尊重、社会公正、基本人权的各个方面、人际关系上的诚信与推己及人即己所不欲勿施于人等，是保护与发展自身所珍视的文化性格的基础。以近年中国强调的核心价值观为例，虽然中国强调了它的社会主义性质，它的提法与基本走向却是包括非社会主义国家与地区的人们所难以否定的。

2008 年在北京主办奥运会，并提出"同一个世界，同一个梦想"的口号，其意义是非常重大的。可以说近代以来的国人的文化紧张、文化焦虑、文化对抗的形势正在发生变革的标志，中国与世界正在寻求沟通与互相认同，国人的精神资源正在迅速地扩大，我们追求的和谐社会与和谐世界正在成为一种全人类的共同价值观。中华文化的主动性正在恢复。

中国永远不可能全盘西化，过去不可能，现在不可能，将来也不可能。同时中国必然走向现代化，必然实现中国传统文化的价值观与人类的普遍价值观念的打通，并在这一过程中，做出对全世界全人类的贡献。经受了严峻的考验、反思、批判、震荡直至断裂的危险，中华文化表现了自己的顽强的生命力与适应能力、发展与更新能力、汲取与消化能力。愈来愈多的有识之士回到了民族文化本位上来。

三、文化定力与文化理想

随着全球化的发展，人们的思维方式得到多方启发，文化思潮日益开阔丰富，出现了多样化的文化生态。全球化与现代化，变化着、有时是冲击着我们的生产方式、生活方式、语言方式、风俗习惯、民族传统。有些毋庸置疑是应该接受的，有些则是我们不愿接受而必须面对的。比如批量生产的消费文化，冲击着主流文化、高端文化；迅捷的网络信息，人云亦云的大拨思维，冲击着独立的深入的阅读与思考。市场经济在更好地配置资源的同时，也使文化领域染上了拜金、浅薄、媚俗、作假的风气，市场炒作使文化成果良莠莫辨，有偿新闻与有偿评论加剧了这种混乱。在浮躁的气氛下，有些演出在热热闹闹拼命造势一番之后并未给我们的文化留下任何遗产，票房高低常常成为一部电影是否"成功"的唯一标志，而文学作品则是印数至上。网络中出现了各种贬低严肃文化与高尚思想的低俗甚至丑陋的东西。此外一些域外的生活习惯如圣诞节、情人节、父亲节在中国的城市里也渐渐增加了影响，同时政府与主流媒体增加了对于民族传统节日清明节、端午节、中秋节的假日安排与报道。价值观念、社会风尚，都通过娱乐休闲市场表现出了异质的多样元素，此外还有一些片面性荒谬性观点，例如全盘西化或者全面怀旧等乖戾思潮倾向。

这种时候，更需要文化自信、文化定力，更要勇于与善于实现引领、整合、包容、平衡与进一步提升，以优秀传统文化、主流文化为主心骨，积极构建生气勃勃、富有创新活力，又能够满足人民多方面精神需要的多彩多姿的文化生态格局。

习近平总书记提出："中国有坚定的道路自信、理论自信、制度自信、其本质是建立在5000多年文明传承基础上的文化自信。"[①]。在庆祝中国共产党成立95周年大会上的讲话中，习近平总书记进一步提出："文化自信，是更基础、更广泛、更深厚的自信。在5000多年文明发展中孕育的中华优秀传统文化，在党和人民伟大斗争中孕育的革命文化和社会主义先进文化，积淀着中华民族最深层的精神追求，代表着中华民族独特的精神标识。"[②]

和谐社会既是一个社会理念，也是一个文化理想。其实早在春秋战国时期，中国古代儒家的经典已经提出了"和"的问题，"和"是社会政治的理念也是哲学和审美的范畴，"和"是哲学和

---

① 2015年11月3日习近平在第二届"读懂中国"国际会议期间会见外方代表时的讲话。

② 2016年7月1日习近平在庆祝中国共产党成立95周年大会上的讲话。

审美的一种境界。

　　我们坚信，中华文明、中华文化在和谐社会和谐世界的构建中得到空前的弘扬与创造性的发展，中国人会更加成熟地选择理性的与建设性的文化战略：勇敢地学习与汲取属于全人类的一切文化成果与人类共同的价值标准，使之变为自己的血肉与力量的一个部分，使中国文化生发出蓬勃的生机，吸收人类社会公认的价值准则——如和平与尊重各国主权、民主、法制、基本人权、保护环境、各种族与民族平等等等——创造新的、健康的、更加开放和富有活力的文化多元共存、多元互补与多元整合的新局面。这将是中国的也是世界的福音。

　　正是在这样的文化自信与文化定力的前提下，中华文化将会得到传承、安全与自我保护，得到发展、丰富与创新，中华民族的文化性格、文化风度与文化魅力将得到长久的保持与对于世界和平与人类福祉的不间断的贡献。

　　　　　　　　　　　　　　（原载《理论学习与探索》2020 年第 4 期，
　　　　　　　　　　　之后王蒙多次在演讲中涉及，故收入本书）

写在前面的话

——"发现与灵感：与经典互动"丛书序

孔孟老庄，外加红楼梦，自它们问世以来，种种疏解，讲授、研究，发挥，延伸，整理，考证，是中国学人、志士、皇帝、大臣、名流进学的统一方向，必修功课，基本功夫。以此作为基础，从而产生了大家大师、新解新学、名臣名师名将、圣哲贤良、中坚楷模、国之栋梁支柱；道家中则出现了宗教领袖、神仙人物，老君真人，炼丹术士……董仲舒、韩愈、朱熹、王阳明，王夫之、韩非子、河上公、葛洪、丘处机，直至现代的冯友兰等大家光芒四射，影响悠久，人与著作汗牛充栋，王蒙本无缘置喙其间。

而且王蒙只是在小学时期发疯般地背诵过《大学》《中庸》《孝经》《唐诗三百首》，青年时代喜欢读任继愈注解的《道德经》，读之有智慧迷醉感。王蒙的古汉语、文字学、中国历史、中国哲学史、世界哲学史的底子都还薄弱，王蒙去找经典而且是互动，这不是犯"二"吗？

我无意参与读解经书的大流，我的主业不在这方面。遇到出版方面约稿，我一直退缩回避。后来我得到了出版人刘景琳先生的鼓励。他认为我有我的长项，有我的优势，他为我开辟了著作的第二个战场。

与老经典比较起来我更热衷的是五四的经，马恩的经，本土化现代化生活化革命化的经。我警惕李白的《嘲鲁儒》的"问以经济策，茫如坠烟雾"的"白发死章句"，我也怜悯着李贺描写的"寻章摘句老雕虫"，结局是"文章何处哭秋风"。我少年时代就是党员、脱产干部，从十九岁就写诗写小说，我有过地下革命斗争经历，有政治生活的得益与受挫、得意与苦恼，有通塞浮沉的经验教训。我有在大电子工厂，在新疆人民公社生产大队，在作协、在文化部、在中央任职或挂衔的经验，我也有负面的经验，更有深挖地、烧石灰、浇漫灌大水、扬场、带着一批牲口去钉掌的光荣历史。我曾经在车铣镗磨冲压装配车间参加劳动或检查工作，我有幸访问、旅游了境外七十多个国家和地区，我还得意于曾在五七干校担任连队炊事班副班长要职，一次和过六十斤面粉，一直为之而骄傲自负，以为自己有独得之秘，不肯轻易传授走露其窍门，更不会轻易告诉你生活与传统经典文化的可以意会、难以言传的关系。

所以我必须与经典互动，互动是一个使命。

是的，我有一点生活经验，小说人很看重的说法叫作"有生活"，有一点头脑，喜欢而不是痛恨思想，像另位老哥们儿同行小说人似的。有兴趣读书，特别是读古文书与外文书，就是说读自己看不大懂的书，读得费劲，实在找不着根据就去硬猜，猜对了，是幸运，猜错了，是硬伤，但也是小说家言，是望文生义，是歪批三国，英文的说法是，会有"创造性的误读"。读一段书，你的解释被认为有误，是以原文为准或有失误，但道理与体会本身不无精彩，这也是可能的。那就是说，我注六经，或可商榷，六经注我，趣味盎然。何况更多得多的情况下，非是擦枪走火，郢书燕说，而是欣欣求识，化寻常为新奇，化一般为特异，化深涩为人情事理，洞明练达，新鲜有趣。没早早革命，早早教训，没一次和过六十斤面粉人，硬是不会想到，想不出来，写不出来。这不也是人生一乐吗？

我必须明确地告诉读者，阅读、理解、考证、勘误、训诂方面，我谈这些书主要依靠已有的教授专家的成果，我向他们致敬致谢，请他们继续指教。我的特色在于联系实际，在于联想、分析、扩展、旁敲侧击，别开生面，别有发见，获得灵感，独出心裁。比如老子说"世人皆知美之为美，斯恶矣"，古今许多大家老师说是老子说得过分了，但是我觉得极易理解，当年我读过《雨花》上的一个短篇《杨栢的污染》，说是一批犯了"错误"的知识分子，相濡以沫，积极劳动，日子尚好。后来要评出先进，先进了可能咸鱼翻身；一下子相互关系，就出了麻烦和难题了。而金融界的朋友告诉我，老子的这个话太好懂了，一个股票被视为优选以后，众人热炒，终成泡沫，如此而已，岂有他哉？所以任继愈老师读了我的《老子的帮助》后赐信云："你胆子太大了，把老子的天机都泄露了。"

把话说得再简明一些，我的目的不是读解，而是发挥，哪怕是借题发挥，不是学古怀古，而是通今、证今、鉴今、明今、阔今、润今，不是翻译转述，而是挖掘、掂量、优化、完善化，资助化，有效化，发明发见化。为现时，为今天，来拓展、去增容、去深化、去提升我们的思维能力、命名能力、引证能力、说服能力，扎根发芽生长能力、互通能力与共识共议，和而不同的能力。

丛书共五部，分别是对《论语》《孟子》《老子》《庄子》《红楼梦》等经典的阅读与发见灵感。本书的一个愿景，是通过王某议论，力求让经典"复活"，让经典流向二十一世纪大变局中的我们。中国人就是不怕变局，礼崩乐坏的变局，合纵连横的变局，分而后合的变局，改朝换代的变局，鸦片战争、八国联军的变局，辛亥革命、中国共产党成立、抗日、解放战争胜利……苟日新、又日新、日日新，中国文化的经验性有用性应对能力抗逆能力精彩绝伦。

希望得到读者的赐教。

（本文系王蒙为"发现与灵感：与经典互动"丛书作的序，

丛书由贵州人民出版社 2021 年 8 月出版）

文学小说的迟子建做法

　　小说都算文学，同时有言情、推理、武侠、反贪、黑幕、讽刺、哲思、悲情、鬼怪、哼哼唧唧……类型之分。这里，我不揣冒昧，称此类小说为小说文学中的文学小说。

　　"河流开江和女人生孩子有点像……顺产指的是'文开江'，冰面会出现不规则的裂缝……浓墨似的水缓缓渗出……訇然解体……涌向下游。"而逆生指的是"武开江"："上游却激情似火地昼夜融冰……冰排自上而下呼啸着穿越河床。有时冰块堵塞，出现冰坝，易成水患。"

　　松花江是哈尔滨的母亲、情人、爱恋寄托，它奔流、展样、孕产着生活，大大方方，洋洋洒洒，哗哗作响，生生不息。迟子建用文学的手指，启动了这条魅力无穷的大水。

黑龙江上游有条美丽的支流，当地人叫它青黛河，七码头就在青黛河畔。公路铁路不发达的年代……这条河就喧闹起来了，客船、货船、渔船往来穿梭……

……（青黛河）又派生出两个极小的支流，鹿耳河和拇指河，它们连缀着一村一屯——月牙村和椴树屯……微型面包车、农用四轮车、马车牛车、摩托车甚至自行车……就像一锅被热火炒得乱蹦的豆子。摩托车突突叫，自行车铃铃响，牛哞哞吟哦，马咴咴嘶鸣……这一带的人在呼号的北风中，练就了大嗓门……每个人的唇齿间，都隐藏着一部扩音器。牲畜们……叫起来不甘示弱，豪气冲天……赶上阴雨天……中转客人便纷纷涌向码头旁的卢木头小馆。

空间与时间的坐标，乡镇与河流的图示，地名与风光的锦绣，普普通通、艰难而有运道有滋味的生活大小背景愉快地出现了。这就是人间烟火的漫卷。我们激动于红旗与进军号的漫卷西风，我们也迷醉于人间岁月百态似乎无意的漫卷纠结、猎猎暖暖。

无论冬夏，为哈尔滨这座城破晓的，不是日头，而是大地卑微的生灵。

哇！日头是原生的神与自然，生灵是你我他她咱们加马驴猫狗鹞子一大堆，不必张扬，自况卑微，仍然有戏，仍然让你哭、笑、迷，赞叹有加。

大自然挥动着看不见的鞭子，把哈尔滨往深秋里赶。

自然，时间，仙人还是精怪？节气还是家常？魔术师还是索命判官？抱怨她还是跪求她呢？

我从迟子建的长篇小说新作《烟火漫卷》中相当随机地援引了几段文字。你会感觉到作者的笔触所及，电光石火，唤醒大地、家乡、江河、万民、舟车、鹊鹞、雨雪、阳光，还有那么多、那么密、那么平凡又那么美善同时强烈生猛的人间烟火。铁凝曾把这样的书写，叫作"生机"。

小说的写法无穷无尽，当然。有的教化，有的悬念，有的神奇，有的评点，有的冷峻，有的燃烧，有的爬高，有的就低。迟子建小说的要点首先是描绘，是栩栩如生，杨枝净水，点石成欢，众鸟高飞，花草遍野，生活灵异，悲欢离合，诡异奇绝。她讲给你大地丰盈，江河奔流，人员俊秀，脾性闪光，然后顺手拨弄：乡愁小曲、奇闻轶事、旧貌新颜、飞扬顿挫，书里的生活与惟妙惟肖的言语迷上了你。

就是说，迟子建的小说非常自然、非常生活。大事小事、国际政治、家长里短、历史事件与草民蚁民的鸡零狗碎，横向枝权、纵向起伏，浸润铺染，巧遇冲撞、命运转折……令你上心，令你牵肠挂肚，令你动容、非知就里不可。她的小说故事，不论怎样的奇遇意外，扣人心弦，全都充分地生活化、常态化、文学化，不仅是感人化，而且是迟子建化了。这样的小说，最有文学的生气洋溢、趣味盎然；它们的语言、修辞、比喻、移情，每个词，都充溢着生活万象与情绪起伏。

迟子建化是什么意思呢？有一种对烟火人间的兴致，有一种对寻常百姓的喜欢，有一种对喜怒哀乐的体贴，有一种对顺逆通塞的通吃通感，有一种对善良与美好的期待与信托，对亲爱与祝福的靠拢，同样也有一种对于传奇情节的勇敢的想、编、描、叮当五四，平平缓缓地流啊流，忽然，冷不丁点燃了一把火。

请看她笔下的黑龙江，特别是哈尔滨，一个地域，亲爱的家乡，熟悉的生活方式与应对种种苦难、离奇与挑战的方式，它更是威严的变迁，奇妙的东北，被称为"东方巴尔干"的"满洲，东方小巴黎的国际化、中国化与地域化同在；是世界与伟大中国的缩影，苦难与幸运的交融，衣食住行、吃喝拉撒睡、柴米油盐酱醋茶百科大全，是清朝肺鼠疫、日伪满洲国，俄罗斯毗邻，以及与朝鲜半岛、日本岛国的千丝万缕恩怨情仇，是来自那么多地角的俄日朝犹太与我国多而又多的各兄弟民族同胞的友好与碰撞，难解与难分。他们的肤色与眼球，他们的男就英男、女就豪女，他们的音乐厅与教堂，他们的大锅炖、二人转——正在移植消化三部欧洲歌剧的二人转，他们的直爽与粗犷，他们的热辣与鬼心眼子，他们的墓地与风习，他们的误会误解、遮盖隐藏与嘚瑟显摆，他们的常常是连自己也闹不清楚并无法相信的来历，与做梦也想不到的祸殃与转机。这些北方的天气、山河、动植物、交通、噪声与矫健的身影、大大咧咧的高嗓儿、慷慨的气度与滔滔的忽悠结合起来了。"

我觉得黑龙江、哈尔滨，有迟子建与没有迟子建是不同的，就像阿来说的："有了如迟子建一系列文字的书写，黑龙江岸上这片广大的黑土地，也才成为中国人意识中真实可触的、血肉丰满的真实存在。"

当作者让黄娥拉着她的儿子杂拌儿的手游逛哈尔滨市的时候，读者如我，也被他们仁牵着手，经验了再来几十次仍然屡屡更新的哈尔滨观赏感受。

在俄罗斯河园桥头，看见一对盲人男女边走边卖唱，女盲人戴着有蝴蝶图案的头巾……男盲人举着一个坑坑洼洼的铝盆跟在后面，跟着伴奏唱着歌……黄娥站定，仔细听了听歌声，叹息一声，从兜里摸出两块钱，让杂拌儿投进铝盆中。她也据此嘱咐杂拌儿，哈尔滨伪装的乞讨者不少……有的把腿缠起，造成截肢的假象，还有的故意穿得破烂不堪……而实际上呢，有些人乞讨完，到住处数完钱，换上装，就去餐馆吃喝了。杂拌儿说，难道这对盲人装瞎？黄娥说城里装瞎的人是有，但这对看上去倒不像，因为这个盲人唱的歌，听上去很干净，是从心底唱出来的……黄娥又想起了在工地听说的腿脚不好的碰瓷者，专找孩子作为对象，跌倒后跟孩子的家长勒索钱财……

这里有对于善良的迟疑与退缩吗？怎么也叫人感觉到了改革开放带来富裕的烟火气，还有尚未吃足就打嗝儿的小儿科的丢人？

有地理，也有历史，有今天，也有昨天，因为是在真切的人间，在生活的波涛与风雨里。

从果戈里大街右转，过了百年老店秋林公司，沿着东大直街步行十多分钟，就到了圣母守护教堂，老哈尔滨人称它为乌克兰教堂……这里曾做过新华书店……这里还保存着一座一百多年前在莫斯科浇铸的大钟……杂拌儿倒是不掩饰自己的开心，说都中午了，上帝也得吃口饭吧。

就王某所知，世界上有三座索菲亚教堂，在伊斯坦布尔、在基辅、在哈尔滨。不知他处还有没有。

教堂台阶前有个肿眼泡男人……拉着手风琴。黄娥……心想进不去教堂，在上帝眼皮子底下施舍，也算给杂拌儿积德吧。拉琴的……说他老婆一年前病死在那儿，到了休息日，他就过来给她拉琴……无论昼夜，永远车来人往……依然一往情深地拉琴。

……它（教堂）清隽小巧，过去主要为德国侨民教徒所用，哥特式的建筑风格……两座教堂相隔只有一条小街……称它们为"姊妹教堂"……将绿色的尖顶和倾斜的屋顶拆掉，它更像一户人家，很是清新可人……杂拌儿……对黄娥说走吧，上帝听到妈妈的脚步声，就知道你要说啥啦。

……要了牛肉大葱和韭菜虾仁的两种锅烙……杂拌儿说他不喜欢教堂的圆形穹顶，看上去像坟墓。黄娥说可不敢胡说啊，穹顶是发光的地方，你要把它想成太阳和月亮。恰巧牛肉大葱的锅烙上桌了，杂拌儿迫不及待夹起一张，咬了一口，一股热油涌出，杂拌儿赞叹真香啊，说热油才是发光的……

饭后已是一点，黄娥先带杂拌儿去文庙，行了状元桥，在大成殿朝拜了孔子，她想孔家圣地可保佑杂拌儿学习好，将来成为栋梁之材。出了孔庙，他们又……到极乐寺去。

这里写了宗教与无神论的冲撞了吗？太阳、月亮、尖顶、锅烙的热油发光，真香啊，这就是中华文化，这就是不同而和，就是有无相生、高下相倾、道法自然、万象归一，神圣归于平凡，圣人保佑后代成材，母爱乡恋涵盖了消化了一切世俗与崇拜。

极乐寺是佛寺……刘建国跟黄娥说起他小时候，哥哥带他去寺院山门前，曾看过斗和尚的情景。以"破四旧"的名义，寺院的经书被焚，佛像被戴上高帽子，或被污损……被砸得断肢解体的佛像碎片中，捡到过一只鎏金佛手……刘光复病危时，还跟弟弟说他在梦里捡回这只佛手，佛手上多了一枝莲。

偶然回顾、梦里捡回、多了一枝莲。这是一首诗里的三行。建议明年高考时作文题之一用这三句，考生可以写评点，也可以补充成诗文。

……对面的居民楼下，有一排经营佛事用品的商铺，卖佛像、香炉、莲花灯、佛珠、香烛、绢花之类……买的人不说买，卖的人也不说卖……黄娥懂得这规矩，所以买香时对摊主说："请一盒檀香"……赶上法会，这条街会被挤得水泄不通，卖活鱼活鸟的也会现身，他们是为着有放生需求的人准备的……进了庙里见着各路佛要磕头……杂拌儿说我给爸爸妈妈磕头，能得到压岁钱，我给佛磕头，佛能给我啥？黄娥说是福报。

童言无忌，神佛离不开世俗，居民楼台经营佛事，买鱼买鸟放生，佛事成了俗事，打赏自是福报之一种。高僧也提出过人间化的口号。

午后四点半……东侧的钟楼和西侧的鼓楼，钟鼓齐鸣，……穿廊绕柱，清泉般涤荡心扉。杂拌儿欣喜地对妈妈说，这两个哑巴亭子，终于开口说话了……黄娥没有责备他，因为钟楼鼓楼不发音，确实显得呆板。黄娥想经历了钟鼓声的洗礼，为杂拌儿寻求神灵庇佑的一天，就是圆满的了。

黄娥又怎能想到，她出了极乐寺十来分钟，命运的雷电劈在她身上，把她卷入爱与痛的风雨长夜。

哈尔滨人，我爱你。你的地名如诗如史如歌如梦。你们不怎么信外来的宗教，你们仍然对于各类教堂保持着尊重与爱心。两座靠近的教堂是姊妹，要不就是闺蜜吧？岂止俄日朝，这里也生活过德法及其他。你们见识过各种愚蠢与恶行，你们仍然坚持着助人为乐。佛音也是烟火的漫卷，是莫斯科东正教大钟的友钟，对于心有余辜而又爱子如受伤母虎一样的黄娥与读者王蒙来说，你们镌刻于骨。

是人对人的，东北人对人的，迟子建对人的深情、柔情与善意：即使准备结束，永远有命运的雷电，永远有爱与痛的风雨长夜劈来，长夜后当是新的朝阳升起。

本书主人公刘建国，最后揭示他竟是二战后日本流落本地的人员的遗孤，他因为丢失了具有犹太血统的于大卫与谢楚薇的儿子铜锤而苦苦地寻孤终生。不但寻孤，而且是殉孤。他养父是俄罗斯文学的翻译家，有延安的光荣岁月经历。刘建国还有极优秀的哥哥与妹妹，他同时一直受到命运的鞭挞。他后来驾驶一种可能是哈尔滨独有的民营救护车。他是童叟无欺的"的哥"。他还是西洋音乐爱好者，发现某一场演出的提琴手有他当林场知青时心仪的女生而急于赶去欣赏，急于重温少年浪漫之梦，终于耽误在路途上。这一段好像是长篇小说中一个可以独立也可以上下勾连、左右浸染的短篇。

他丢失了铜锤，这样一个横祸，竟成了与刘建国加上妹妹刘骄华形成了非亲亦亲、陌生遥远的黄娥女子出现的契机。黄娥爽利通透，倔强美丽。她的男人卢木头是被她气得发心脏病而死的吗？她悄悄把卢木头的遗体背到山谷喂老鹰，这是什么性质的事件呢？而他们的孩子杂拌儿吸引了刘建国，又疼痛了谢楚薇的心。无路可走的黄娥牵引了翁子安的心与钱袋。赶马车人撞坏了黄娥，却是一场《东北人都是活雷锋》的小演出。你喜欢黄娥，你喜欢刘建国也喜欢翁子安，你喜欢马车夫与他的妻子，喜欢他们给黄娥送的酸菜，你相信吃了那样地道的哈尔滨酸菜，受了重伤的能够痊愈，临终的也会睁开眼睛。人生就是这样，有失去就有得到，有倒霉就有补偿，有踏空就有承接，有失望绝望，挺住了——出现的是新的开阔。

这样现代感的文学小说同时也是传奇。当年周扬同志首次见王蒙就建议我好好读唐代传奇。一生做管理监狱的政法工作，关心刑满释放人员的生计，言行都一贯正确的刘骄华，因了男人的出轨而陷入比家庭婚姻危机更恐怖的精神灵魂危机，甚至动了杀心，肢解老李？而找了一辈子失孤的刘建国找到铜锤以后，却是铜锤不想见亲生父母的态度。

既日常如水，又紧急如火，是纯朴的天使，又是激怒的魔鬼，倒霉蛋儿，又受到观音菩萨与善男信女的保护，爱得喜人，土得掉渣，洋得全活。东北大老爷们儿大块娘们儿，重情重义重欲，也绝对重理、发乎情止乎礼的。生活流细节云雾，同样是逸闻大观、瞠目结舌。

迟子建是一个幸运的作家，她有文学的散文的小说的一切感觉禀赋，游刃有余。她写得惊心动魄，不离美好，自然多面，不事冗长，她对她的人物有一种宽容与贴切，民胞物与，将心比心，一草一花、一鸟一兽、一河一岭、一滴一点一语，都有欣喜与善待。本书中唯一没有被作家原谅的是那个上海知青，他的造孽毁了改变了一串普通人的生活命运。

迟子建的笔触是如意遂心的。同时，我相信她赶明儿能写得更好大好。

（原载迟子建著《烟火漫卷》，人民文学出版社 2020 年版）

厚实的装台戏

——王蒙、单三娅对谈

单三娅：电视剧《装台》是经人提醒才开始看的，平时不追剧的我们，热追了十几天。几年前读过陈彦的小说原著，可是一切还都是新鲜的，说明编导又有了新的角度，新的创造。

王蒙：这个现象很有趣，看《装台》，天天让你有新鲜感，原因是它不一般。写装台人的故事，没人写过。人物性格、命运、关系都不一般。首先主人公刁顺子，他既不刁也不顺，他的家庭组成，很奇特；还有同样是情敌，顺子和三皮之间耐人寻味，疤叔和八婶男友之间的关系也别有味道；在恋爱关系上，三皮与素芬的关系有悬念，二代对菊花的追求也是疙疙瘩瘩……全剧满满堂堂、沸沸汤汤，有生活，有细节，有真实感，都是别的电视剧里较少看到的。

或者换一个说法，这部电视剧比较有信息量。古今中外，很少看到这样的行业、这样的人群、这样的生活轨迹。他们非工非农、亦工亦农，非城非乡、亦城亦乡，非苦非甜、亦苦亦甜。非编（制）非非编，非文艺非非文艺。但仍然是真实的生活，是改革开放、迅速发展，是辛勤奋斗着的中国人民。要是没有陈彦此书，你做梦也梦不见这样的人、生活、故事。

单三娅：你总说好作品信息量都大，《装台》又一次证实了。追剧那几天，每天都有期待，想知道下一步怎么发展。其实它并没有有意识地全景式描写，就是围绕着装台人、舞台事儿、剧团事儿、演出事儿做文章，可是线条却不单调，让人感到伸出许多触角，写了许多人性的层次，反映了不少社会问题。刁顺子隐忍而又不能说是一个失败者；菊花怒怼穷亲人却又不是一个贪图钱财的人；蔡素芬她有隐痛想忘掉过去可阴影总是笼罩着她；刁大军他虽然虚荣却也是仁爱之人；疤叔这个人有意思，酸溜溜的，对情敌也只是嘴上苛薄而已。还有瞿团、靳导、大雀儿、二代……各具形象和性格，即便是最招人恨的铁主任，也是一个合情合理的存在。正是这些人物，勾连出几十年来的社会大舞台。陈彦能把剧团演出的日常事物，放在大社会的进展中考量，所以他既有独特视角，又有大视野。

王蒙：刁顺子简直就是一个圣人。他带着大家干下苦活挣几个饭钱，钱被克扣了把别人的给够自己少拿；媳妇跟人跑了他养着闺女，天天还得挨闺女骂；好不容易撞了个媳妇还叫别人惦记上了；大哥成了大款可是他回趟家还得自己掏钱给他还赌债；墩墩犯了禁忌自己替他去跪祠堂……那么多苦那么多难他都受了背负了，从来不亏欠别人。所有的劳动人民的好品质，吃苦耐劳、忍辱负重、责任担当、公正局气、和气生财、以退为进、坚忍不拔、谦卑自律，他都具备了，你却丝毫不觉得这个人物不真实。刁顺子甚至还有一种领导者的人格魅力。我在他身上看到了仁义礼智信、温良恭俭让、忠恕韬晦，尤其是克己复礼、天下归仁，干脆是践行了孔子的教诲。

单三娅：我觉得这部剧还隐含着这么一个意思，就是这个社会的最底层的台子，是刁顺子他们这样的人搭起来的，他们实际上就是我们这个社会的基础和支撑。

王蒙：是的，真正以人民为中心。这部剧还有不少喜剧元素，这些方面编导演都有不俗的再创作。比如墩墩与跳钢管舞美女的恋爱和成婚，比如疤叔和八婶离婚之后的来来往往还有上山修心养性，比如二代与菊花今天好明天坏的爱情，比如秦腔团那位"角儿"的架式，还有铁扣和他老婆那些损人利己的发财小算盘，甚至那个包治百病的万能医生。在这些人物的塑造中，既有善意的批判味道，又平添了窘境中的苦中作乐。电视剧还大大强化了西安的生活气息，看着不闷，也不陈旧，有新事物、新体验、新笑话。

单三娅：顺子他们活得艰苦，但并不一味辛酸，也有乐在其中。装台的同时，他们还可以蹭戏看，学到了传统戏曲文化，也见了世面，同时享受了城市生活，享受了发展。这部剧演员也不错，主要演员都是陕西人，次要演员也是各有风采，与剧中人物贴切。方言成了此剧的一大亮点，还有一些是特定人群的特定语言，他们的口语中满是生活气息，自我解闷自我逗乐，既质朴生动，也到位给力。西北人爱嘴上掐两句，但总起来说民风厚道、忍让，讲义气、讲情面，被人坑了也不大闹。让你觉得挺心疼他们，同情他们，也挺喜欢他们。

王蒙：还得说陈彦的原著好，提供了好的故事、好的形象、好的对话、好的性格。陈彦始终与人民在一起，与生活在一起，他提供了与别人不同的活生生的人物。我们社会主义现代化的发展进程是伟大的历史性的，同时，这个伟大的历史转变历史飞跃又常常是由平凡的人和事结构而成的，他们有智慧也有无知，有巨大贡献也有失落牺牲。这部电视剧让我们看到，现实生活中充满着艰难，又充满着进展与希望，真是越看越明白，有这么好的人民，中国不发展不搞好是世无天理。

单三娅：真正有生活的作家，就不会与别人雷同。陈彦是一个彻底的现实主义者，他在剧团泡了几十年，他对这一套运作极为熟识。将近 10 年前我到西安采访过陈彦，那时他是陕西省戏曲研究院的院长，他创作的秦腔三部曲《迟开的玫瑰》《大树西迁》《西京故事》大受欢迎，长演不衰。他的作品之所以有新意，就在于生活根底的深厚。陈彦不是下沉到生活中，他本来就生活在这些人中，他的人物都是从厚厚的生活土壤中直接生长出来的，他又比一般作家多了一份对下苦人的关注，他对他们心存惦念。而我们常见的一些电视连续剧，有时看上几眼，就发现台词一句接一句，经常都是你我可以想得出来的，少有出乎意料之笔，剧情发展也多少猜得出来。出自概念与套路的，多于出自真实生活与真情实感的。看上几集，就想换台了。

王蒙：反映改革开放发展的电视剧不少，写改革者、管理者、创业者，写法制反腐、家庭伦理的也不少，但《装台》的主角比已有的电视剧主角都"低端"得多。他们没有正规的编制，得不到劳动法的保护保障，他们不算文艺从业者，不参加文联与所属协会，少有工会组织替他们维权，他们没有职称，没有劳保医保，没有名分，他们谁也不敢惹，但哪个舞台艺术也离不开他们，越张罗气势大的演出，越要他们的命，越缺不了他们的活儿。

这部电视剧提醒我们的社会、我们的领导，在类似打工仔、打工妹的数量巨大的群体当中，对于他们的报酬、危难，有相当的需要加强关照的方面。还有，他们对社会做出了人们不怎么了解的贡献，我们还欠缺对他们的业绩与品德的承认乃至宣扬。

比如《装台》里那么多人物的婚恋、家庭生活，并不那么圆满合意，甚至于可以说没有基本的稳定。为了生活，刁顺子结了三次婚，媳妇死了一个、跑了一个，第三个也受到各种挤对刁难，家庭岌岌可危。虽然这是个人的生活遭遇，无法由社会负全责，但它确实也是与装台人整天在收入与环境不稳定的条件下拼命、难以踏踏实实居家过日子有关。这出戏，体现了原作者与编导者对于最底层劳动人民的关爱，理应得到社会呼应。

单三娅：这部电视剧还有一个特点，就是它似乎回归了一些我们的传统认知，比如吃苦耐劳、恭宽信敏、坚忍不拔、同舟共济。尤其是它强调了，在当代社会，不管有什么先进科技，不管你再有钱再有本事，人与人之间都是相互需要的，你需要别人的关怀，同样你也需要给予别人关怀，这是人作为社会动物的一个基本需求，这是人间正道。

看完电视剧，又翻了一遍小说原著，发现电视剧还是有较大修改的。最大的改动是结局和走向。小说中最终素芬走了再没有回来，顺子四婚娶了亡友的遗孀；菊花也没有变得通情达理，而是依然怒视着父亲。电视剧改编成这样，是有一定道理的：首先是小说所提供的人物性格的依据在，其次是时代背景有了大改善，三是观剧群和读者群不同，所以说得通，观众认可。

王蒙：电视剧与小说，它们的受众相当不同。前者人多势众，学历有高有低，注意的是剧情与人物吸引力，你得不断有场面的新鲜和故事的纠葛；后者人数较少，更喜欢分析与思考，对文字更有兴趣。电视剧与小说，总的思路是一致的，有所更改，只要合乎性格线索就是自然的成功的。而且我们可以说，有深厚的生活底蕴，有真挚的对人民的热爱，有对于历史与时代的敏锐感觉，在真实感人的小说的基础上，改编成视听节目，情节也完全可以有所不同，有所延伸、发挥、调整、变化，有再创造的空间。

单三娅：有了好的文学本子，编导还得有修枝剪叶、扩展延伸的能力。难得有一部好小说，文本已经被广泛称道，再被改编成电视连续剧，还做了相当的改动，却依然不输，依然有看头。说明这种改编的可能性是有的，当然并不容易。

王蒙：如侯宝林所说：经拉又经拽，经洗又经晒！这里仍然要凭借创作者的生活积累与丰富细节，树干枝杈、花草蕾叶、飞鸟鸣虫，蓬蓬勃勃，到处都有生长点、发育点。

《装台》还有一绝，就是"下层"人物的坚持性、顽强性，不论揽活挣钱还是谈情说爱，他们是屡败屡战、百折不挠，一波未平、一波又起，咸鱼翻身、反败为胜。这既是劳动者的本色，又是对电视剧编导的要求。

电视剧的特点是连续、成本大套。追剧，可以成为一段生活的一部分，看剧的时间加上谈论温习，每天起码两个小时以上，连续十几天，印象深，难舍难分，看完最后一集，与众演员众人物分手，是离愁，别是一般滋味在心头。这是好剧。差剧呢，开头有个悬念吸引了你，越看越差劲，不看吧，可惜；接着看吧，上当。说得刻薄一些，见差停看，有腰斩感；勉强看完，有受诱被欺感。追剧是个耗时的事儿，所以得谨慎选择。

妙哉，《装台》！

（原载《中国文化报》2021 年 1 月 4 日）

天意怜芳草，人间要好书

　　首先，我想感恩人民文学出版社。回想起来冯雪峰、严文井、韦君宜、孟伟哉、聂震宁、潘凯雄等许多人民文学出版社的领导，都对我有极大的支持和帮助。尤其是韦君宜同志，她是我最重要的恩师之一，另一个恩师是中国作家协会青年文学委员会的萧殷副主任。

　　第二，我特别喜爱也尊敬人民文学出版社的一大优势，我称之为"功能优势"，那就是人民文学出版社的工作是出书，它面对的是文学的果实，面对的是文学的收获，用计算机语言来说，它面对的是终端。文学在中国经常遇到麻烦，也出现过各种各样的曲折和摩擦，比如说不同的文艺思潮的激荡，比如说作家怎么样深入生活，怎么样和工农兵、和人民相结合，比如说作品的题材、内容需要有哪些规划，面对这些问题常常出现不同的意见，甚至于出现一些类似派别的分化。但是，人民文学出版社要出书，"天意怜芳草，人间要好书。"说出大天来，最后还是要出好书，而真正的好书有一定的免疫力、抗逆能力，无论什么原因，想硬把真正的好书否定掉非常困难，想把一本烂书捧起来也十分不易。好书，隔几年又出来了，而且再过几年还很火热。烂书，哄闹一阵子就被丢到废品站，再无人问津了。人民文学出版社正因为针对的是出书，所以对作家有一种广泛的团结，对好作品有一种锲而不舍的追求。尤其是党的十一届三中全会以后，人民文学出版社对作家、对原稿、对书的质量非常重视，团结面极广。我觉得人民文学出版社真是有一个难得的优势，他们抓的是文学事业的根本——出好作品，希望能够把这个优势发扬下去。

第三，人民文学出版社的编辑、发行工作还是相当正派的，编辑工作很细致。现在我接触到一些年轻编辑，好像没有认真做编辑工作的习惯，总是忙着跑关系，有些人知识面太差，把对的字词改错的事情屡屡发生。人民文学出版社的编辑把案头工作做得很细致，简直是文学事业的天使，他们不怕麻烦，抠到每一个字、每一个标点，有时候抠得我都急了，但是他们总是尽量做到最好。

最后我想说的是，面对"十四五"规划和2035年远景目标，习近平总书记特别提出了"高质量"发展的思想，这个思想对于文学事业来说非常重要、合适。现在我们的文艺活动资金比过去多了，手段也比过去多了；新媒体、多媒体形式各式各样，声势非常大，体量非常大。这种声势、体量对于我们非常重要，但是质量怎么样？我们将来怎样真正成为一个文化强国，成为一个文学大国，如何做到像楚辞、汉赋、唐诗、宋词、元曲、明清小说那样地面对历史，面对民族与人民？希望我们大家和众多文学出版社共同思考，还得出更高质量的东西。《全唐诗》有的说收录了48000首，有的说加上补遗有5万多首，作者队伍包括了2200至2300个诗人，但是我也有一个体会，我有时候问喜欢诗词的人，唐诗的著名作者有哪些，包括我自己没有几个人能说出30个人以上的名字。真正的唐诗还得靠这不到30人的精品阵容。同样，当我们说到民国时期的文学家的时候，总是提到鲁、郭、茅、巴、老、曹，当然我们还可以加上冰心、叶圣陶、沈从文、丁玲、徐志摩等，人数也不是很多，但是阵容仍然可观。高质量，对于文学事业可以说是生死兴亡攸关。我希望人民文学出版社也一定真有好的东西，并注意发现文学的新生代。现在人民文学出版社虽然是企业，要面对市场，要考虑销量，但是我主张在考虑销量的同时，还要狠抓质量，比如85%的出品按销量走，另外还可以有15%的书只考虑质量，确有创意特色质量的上品，可能一时不红火的，先印 500 本出来再说，也有可能过 20 年以后就成为了经典。所以我希望按照习近平总书记的"高质量"发展的思想，来推进我们的文学事业，来落实我们的"十四五"规划与 2035 年远景目标的文化的规划。

（原载《文艺报》2021 年 3 月 31 日）

君子与小人

君子小人之辨

长期以来，中华优秀传统文化中的主流——儒家学派，强调中国特色的精英文化，对这种中国特色精英的说法，可以是"国士""士大夫"，可以是"大丈夫"，可以是"仁者""义士"，可以是"君子"。君子的对立面是小人。君子对比小人的说法在各界各地各群体中，最为脍炙人口，广泛流传。

君子小人，基本上不是一个阶级官职与经济地位的说法，而是一个对于教育教养、文明程度、品质内涵、精神素质的高低文野阔狭美丑的分辨。在庶民当中，"小人"云云，最多言其低下，并不意味着多么恶劣。孔孟都指出"言必信，行必果"是小人的特点，这里的小人指的是缺少更大的格局，更大的主动性、创造性，调整、应变与发展能力的普通人。

但在高层权力运作空间，"小人"之称就很可怕了。诸葛亮在《出师表》中指出："亲贤臣，远小人，此先汉所以兴隆也；亲小人，远贤臣，此后汉所以倾颓也"，小人的得计，被认定为后汉皇朝走向灭亡的主要原因。

君子的中庸之道

仲尼曰："君子中庸，小人反中庸。君子之中庸也，君子而时中。小人之中庸也，小人而无忌惮也。"

就是说君子是守持中庸之道的，小人是反其道而行之的，君子对于中庸之道，是时刻都在践行的，小人那里的中庸之道不能守持，因为小人是要胡作非为的了。

孔子等大儒提出了大量君子与小人的区别，如"君子坦荡荡，小人长戚戚""君子喻于义，小人喻于利"，都比较容易理解，但为什么君子讲究中庸，小人反对至少是不守持中庸呢？

这是孔子等的一个重要发现。什么是中庸，中的含义是准确、合适，不过度也不折扣，不片面，不极端，毋为已甚。用今天的话说，是科学性、准确性，其义更近乎去声的中，打靶十环的中。庸是正常、普通，是可用与有用，即有效性、务实性与建设性。君子是受过教育的，懂得自律的，有家国担当的。他们注重个人修养与思想境界，做事追求准确、适宜、正常、有效，防止使气任性、感情用事、夸张无度、过犹不及、毛泽东称之为：装腔作势、借以吓人。

这里说的肆无忌惮，正是由于小人言行没有尺度，没有标准，没有界限，没有底线，也就没有了原则，没有了掌控自律，就会是风、闹、震、哄俱全，与人为恶、浑水摸鱼、兴风作浪。

说到这里，此种小人说，或与民粹含义有相通处，他们有一定声势，需要很好地对待与团结，他们常常有对于高大上者的羡慕嫉妒恨，而在所谓优胜者倒霉的信息中获得安慰、宣泄与快感。他们人云亦云、幸灾乐祸、添油加醋、唯恐高大上不长体癣烂疮。

君子小人的问题，是品德的问题，也是修养教化的问题，还是治理与用人中的课题。想想 2000 多年前有关的一些说法，不能不佩服先贤的眼光与警示。

（原载《学习时报》2021 年 3 月 12 日）

我们怎样选择

　　什么是文艺？干脆说，文艺就是人，就是文化，就是人心人志人生人设，是人的情怀、人的个性与社会属性、人的渴望与期盼、人的追求与向往、人的纪念与祝福，是人的灵魂与内外宇宙的激情撞击。

　　文艺与人一样，有高远与低劣、充实与空虚、文明与粗鄙、深邃与浅俗、君子与小人、志向与苟且、善良与恶毒、悲悯与冷酷、美好与丑陋、阔大与狭隘、清醒与昏乱、智慧与愚蠢、坦荡与阴损、公正与偏执等的区别。有上三流、中三流、下三流的差异。孔子说："不学诗，无以言。"从《诗经》开始，我们就有着升华致美的追求，"巧笑倩兮，美目盼兮"的诗句，高于如今的"颜值"说十万八千里。从荀子的"修齐行，正其乐，而天下顺焉"的提出，到《礼记》"乐者天地之和也"的定义，从古代的诗教到近代王国维"有境界自成高格"之论，都表现了我们的文艺传统贯穿着追求真善美的日月经天、江河行地。

我们需要判断，我们需要区分，我们需要选择。我们期待的是在对文艺作品文艺生活的接受、欣赏、享受与愉悦中，发展成长我们的精神品质、学问知识、智慧能力、眼界心胸、审美格调，丰富充实我们的世界观、人生观、价值观与精神境界，更深刻地认识人类社会和人类历史，增强我们的精神创造力与克难意志力。

有些说法如卖点、泪点，尤其是可厌的"颜值"之说，低俗化虚伪化小贩化了一批观众尤其是青少年的文艺认知与文化审美的品位。一批空心作品、造星运动、传媒炒作，以低充高、以假乱真、以劣当好，颠倒了文艺作品与文艺生活的高下成败。进一步，追星的行为变成小圈子小团体，什么圈粉，什么饭圈，什么群架，乌烟瘴气、装模作样、颠覆常识、颠覆秩序，制造伪明星伪偶像伪粉丝伪捧角儿伪流量的歇斯底里，就更不堪了。

反过来说，如果我们不追求知识与修养，不追求高端与深刻，没有格调与品位，没有热爱与担当，没有深情与宏愿，而是把文艺生活降低到欲望、奇葩、偷窥、炫富、炫狂、炫蠢、造势、起哄乃至发泄、捣蛋、麻醉的百无聊赖的寄生虫式的精神状态底线上下，这些只能算是假冒伪劣的反文化现象。它们不仅只是非礼非乐非诗非文艺的一时发烧，它们的存在，还会导致堕落性与破坏性的病态丑态恶态，会造成"劣币淘汰良币"的文化自戕。

中国是文化大国，是诗经之国，是产生屈原与李杜之国，是成就《红楼梦》之国，是涌现"鲁郭茅巴老曹"的文学大家之国。中国有足以令世界倾倒的文学戏曲国画书法园林艺术，也接受了荷马但丁莎士比亚巴尔扎克与托尔斯泰，接受了贝多芬、帕瓦罗蒂、邓肯与乌兰诺娃。我们提倡大众化、普及化，同时提倡经典化、杰出化。无论过去现在未来，中华儿女都会以祖国的文艺大师与文艺珍品的阵容而骄傲。我们的年轻一代，不应该也不会忘记我们中华文化史册、文艺经典与文艺纪念碑上那些沉甸甸的名字。我们一定会维护文艺的尊严与品格，唾弃并驱逐那种愚蠢浅薄低俗的伪文艺！

（原载《光明日报》2021 年 9 月 1 日）

珍惜每一个日子

有幸生活在中国苦难、变革、建设、焕然振兴的伟大时代，不能不珍惜大时代的每一时每一刻，每一个大有可为的日子，未敢稍懈。

五年，1826 天，我写了长篇小说《笑的风》《猴儿与少年》，中篇小说《女神》《生死恋》《邮事》，短篇小说《地中海幻想曲》《夏天的奇遇》，长篇散文《维吾尔人》。还在《人民日报》《光明日报》上发表了关于文化的多篇文章，出版了《王蒙谈文化自信》《中华文化通识课》《王蒙谈列子》以及与池田大作的对谈集等。2020 年我的五十卷文集出版。耄耋之年，写起来回忆如潮，思绪如风，感奋如雷电，言语如铙钹混声。

当然，最最难忘的经历是 2019 年，中华人民共和国成立七十周年，我获得了"人民艺术家"国家荣誉称号，是鼓励更是鞭策，是回顾更是新的启程。六十余年笔耕，七十多年中国共产党党员，挫折、作品、困境、阳关万里道，有难处更有来自方方面面的切磋与温暖。我的人，我的活儿，我的即将"米寿"的八十八年岁月，何等感动而又惭愧！如果对自身的要求再高一点，本来可能做得更好！

突飞猛进的历史，写作人参与其中。经历、见证、书写、描绘，是我们的财富。时代呼唤着期待着今天的李白、杜甫、曹雪芹，我们不能不自惭自省，同时，只能迎难而进，当仁不让。任重道远，岂敢愧对我们的机遇与使命？

我的写作进入了加力推进的阶段。时间，时间，浪费一分钟时间已经不容。我认为自己仍然是文学生产的一线劳动力。伟大的新征程是由一个一个实干苦干的日子组成的，历史的进展是由一天天一件件的事功成就的。我们的文化篇章，包括了你我他每一个写作人敲击的一个又一个字，一分又一分思考、应答、寻找和升华，都可以做得更出色，配得上我们的文学的辉煌历史与革命的崇高背景。时刻不忘。

楚辞汉赋、唐诗宋词、明清小说、鲁郭茅巴老曹，标杆在前，岂容我辈苟且！我们的先人、我们的前辈、我们的读者、我们的后人都注视着我们，岂能降低当代作品的取法与品位！我们的党，期待着我们，关注着我们：能不能创造出无愧于历史、无愧于时代、无愧于中华民族伟大文学艺术传统的新篇章来？

只有珍惜每一个日子，只能努力再努力！

（原载《光明日报》2021 年 12 月 10 日）

二 〇 二 二 年

学习二十大精神，焕发当代文学

　　我们的旗帜，是中国特色社会主义伟大旗帜；我们要实现的现代化，是中国式现代化。

　　习近平总书记在党的二十大上作的报告，把中国共产党人百年来所践行所追求的马克思主义基本原理与中国具体实际相结合，把马克思主义与中华优秀传统文化相结合，继承发展了马克思主义中国化时代化的辉煌成果。我们党近十年的里程碑式的经验告诉我们，中国化时代化的马克思主义，是我们党守正创新、独立思考、自我完善、保持活力的旗帜，是我们把握历史主动性的精神渊源。

　　中国式现代化，这个定义本身就向世界宣示了我们走的是一条自己的道路！这是最精练、最明确、最独立自主的归纳与阐明！鸦片战争以来，中国面临的历史课题是：要不要和怎样实现现代化？如何实现中华民族伟大复兴的中国梦？也就是说，中国的现代化应该是什么样子的？对于这个历史课题，现在，我们终于给出了响亮自信的回答。

中国式现代化有五大特征：一是人口规模巨大的现代化，二是全体人民共同富裕的现代化，三是物质文明和精神文明相协调的现代化，四是人与自然和谐共生的现代化，五是走和平发展道路的现代化。这是从中国国情中国传统出发、总结了人类命运共同体经验所提出的很高的要求，需要党领导人民在新的历史时期，在愈加复杂不确定的国际局势中，排除万难、持续奋斗。而这正是我们文艺工作者所面临的当下实际，是我们生逢其时的文艺源泉。

经过了艰苦奋斗、东西比较、上下求索，不断总结、提高、加深，我们确立了具有凝聚力引领力的社会主义意识形态，明确了社会主义核心价值观，实现着对于中华文明传统的创造性转化与创新性发展，我们也营造了发展文化事业文化产业的完整的政策格局与文化环境。我们的文化创造与文化整合在于将悠久的深入人心的中华传统文化与百年来激扬、生发的革命文化、社会主义文化、现代化的一切科学技术与社会进步成果对接与互动起来，使人类的一切创造发明、利器思路为我所用，使我们的文化生活、文化态势、文化成品活跃起来、焕发起来、提升起来，达到整个中华民族精神境界的自信自强、从容有定，创造新的历史伟业。

文艺复兴当然是中华民族伟大复兴的题中之义。文学作为语言即思维符号的艺术，是我们中国人民的精神面貌、精神能力、精神品质的重要表现。身处历史重要时刻的中国作家，要焕发自己的历史主动性、文化使命感、思维深刻性、想象力与创造力，培养自己的艺术才华与创新勇气，为时代立言，为历史作证，为人民生活添彩。只有在中国人民的历史伟业中，开拓与整合我们的文化与文学资源，拿出精品力作，拿出当代经典，攀登精神高峰，展现新时代中国人民万众一心的正道选择与异彩纷呈的生活面貌，接续中华文化的灿烂过往，才能仰无愧于天，俯不怍于人，铸就当代文学——社会主义文化的新辉煌！

（原载《文艺报》2022 年 11 月 1 日）

中国人的天地观与境界

天地观是文化的重点

在中华传统文化中，最阔大而又直观的概念是天、天地，最高远的终极性概念是道或天道，最本原的概念是从天地万物的生生灭灭中得到启示的"无"与"有"。

无、无极、无而后有。因为后来有了"有"，才感觉得到谈得到原生的或将要变化成"有"或"万有"的无。你知道有人有了财富，或者你自己有过财富，你才能感受到自己的没有财富的背兴。你原来没有什么财富，才可能感受得到获得财富的感受。一个过去、现在、未来都没有的东西，谈不到无、没有、无极，也谈不上有、非无与太极。一个过去、现在、未来都一定有的东西，你以为都有、永远有的东西，一般你也不会专门讨论到它的有。而无会延伸与比较到有，有延伸为太极、四象、八卦，万有、万物。

无与有、有与无、万物万象之间的桥梁与管道应该是"易"。

最根本的人文概念道德概念是仁，仁义、仁政、仁心、仁人、仁者。仁者爱人。

仁就是爱，仁与爱则是受到天与地的生生不息的大德的启悟与感应。某种意义上，对于士人来说，天地的概念，有无的概念，仁义的概念，比生死的概念更重要、更伟大、更深刻、更高远。

天地无垠

在中文里，天地就是世界，就是宇宙，就是人对自己的大环境的感受，就是人心、人的精神所能感知、认知与想象的最大、最高、最远、涵盖一切的空间与超空间，甚至还包含了时间的稳定、强大、冷峻与恒久。

天地是中华传统文化的一个最大的自然性、自在性、物质性概念、物质性认知；同时是人文概念，是伟大高尚壮阔正道，必须敬畏信服崇拜的类似西文"上帝"的同义语，是神性概念，终极概念，至高无上、至大无外的概念。天地还是原生概念、先验概念、无可置疑概念、无可亵渎概念。它是中华文化的一个概念实体、存在客体、物质实存；又是人的一个概念笼统、概念大美大善大仁、概念信仰、概念追求、概念延伸、概念聚合、概念升华、概念大神。

顺便说一下，中华高端文化的崇拜与信仰，不是低端民间的多神人格神与神格人，而是高端伟大概念：大道、天道、一、天、仁……这个问题后面还要专讲。

中华天地观

"天行健，君子以自强不息；地势坤，君子以厚德载物。"《周易》上的这两句话，可以说是中华文化传统天地观的总纲。首先，它是物质的，天象、天气、天文、季节、寒暑、昼夜时时在运动变化之中，而地上，承载着万物的重量，承载着各种地形地貌地质结构，承载山川、大漠、丘陵、盆地，城乡、道路、舟车、建筑……这是不言自明的。

自强不息，强调的是进取，是动态，是勇敢向上；厚德载物，强调的是容养，是静态，是沉稳担当。二者互通、互济、互补，又各有侧面。

从天地衍生的更大概念是阴阳，阴阳包括了天地与万有的一切，包括了实存的天地，与未必实存的神鬼、气数、命理、灵魂、符瑞、报应、吉凶，包括伟大的天地与一切对于天地、终极、上帝的质疑、反叛、突破的幻念与冲击。

将天地的特色与功效总结为自强不息与厚德载物，就赋予天地大自然的存在以美德符号、美德表率、美德源头性质，赋予天地以人文性教化性终极性，成为儒家仁义道德的标尺与根据，又赋予道德教化以先验性、崇高性、宏伟性、必然性乃至绝对性，是道德教化的范式与信仰崇拜的对象。天地自然、道德教化、神性崇拜：三位一体，循环论证，互相补充演绎。

天地是原有的终有的总有的存在，而中华文化特别注意去发现去解读天地诸现象诸状态诸变化对于人的符号，即哲学符号、道德符号、政治符号、命运符号，乃至军事符号的意义，意蕴深长，韵味淳厚。

观星象，可以预知王朝气数、战役胜败、人物吉凶。体四时百物，可以感苍天之辛苦周全、自强坚定、生生不息、刚强沉稳有力。观地貌，感动于大地之坚忍负重，沉静有定，负载承担，提供万物存活的必要支持与条件。

从天地的变化与不变、变去又变回、有因与无因、有果与无果中，体会感悟万事万物的逝者如斯、不舍昼夜、与时俱化、有常无常、大美不言、变而后返的道法道术道心。

天地少言

孔子说："天何言哉？四时行焉，百物生焉。天何言哉？"第一是天生万物，一切生命的起源是天，更周到与完整地说是"天地"，一切变化运作来自天心天意。如果将天地作为大自然来理解，这话在今天也是真理。加上"何言哉"，原来老天甚至还具备了埋头实干的美德，故而孔子不喜欢巧言令色，主张人应该"讷于言而敏于行"。

司马迁的父亲司马谈批评说"儒者博而寡要，劳而少功"，老子的说法是"失道而后德，失德而后仁，失仁而后义，失义而后礼"。这里边都有批评儒家道德说教太多太泛、失之聒噪的用意，秦始皇更是讨厌儒者的挑剔性空论。直至今日我们也都公认"空谈误国，实干兴邦"。

孔子其实也同样表达了对于少说多做的推崇。一方面向往不言之教、不言之功，一方面不得不说许多话，不能不说太多的话，这是古今中外权威大人物的共同感慨、共同悖论。

老子、庄子也一样，无为、不争、齐物、无用、虚静，说得极妙，无永远比有更深邃、更奥妙、更难整，而一切有都不可能绝对尽善尽美，都有可挑剔，更有可非议、可抬杠、可攻击。同时，老子、庄子二人的文章神妙无穷，语出惊人，逆向思维。二人乃语言大师、思想大师、文章与文学的大师。

天命

孔子讲"五十而知天命",或谓语出《尚书》。古代典籍与荀子、屈原、陶渊明、欧阳修等大家的著述中多用此语,是指上天决定着、干预着与安排着人的命运。国人还喜欢说"尽人事,听天命",说明人的努力还是要的,但"谋事在人,成事在天",认为有一个不以人的意志为转移的"天—天命—世界—大道",主宰着推动着一切。人为的努力,合乎天道天命,则事半功倍,兴旺发达,功成事就,如有神助;违背天道天命,则事与愿违,八方碰壁,自取其辱。

天命云云,极接近现在的说法,叫作客观的与历史的规律,它们起着重要的关键的决定性作用。我们古人讲的"天命",或者天心、天意,在当年苏联的说法中,差不多就称为"时代的威严命令",你必须听取,必须服从,必须把握,顺之则昌,逆之则亡,知之者慧明,不知者愚晦。人们在世界上立论与行事行文的主体,应该是天命,是历史规律,是时代的威严命令,所以牛气冲天,所以战无不胜。

天行健,地势坤,这个说法极高妙,别具特色。它像是文学修辞，比兴想象、形象思维。从四时四季、万物生长，联想到自强不息的健美品质，从承载众物、支撑万有，联系到厚道积德、忍辱负重的品性。这又像是数学的编码，从本来未必有序有定的变化与数量互动关系中，托出规律法则来。

这还可以视为直观灵感式判断，猜测式猜谜式接受暗示影射式判断，是绝妙的、有趣的、启发性开放性的，却又是非逻辑非唯一非必然的。四时行焉，是健康的阳刚之气，但也可以从水旱灾害里体会天怒的无常与冷酷；负重无言，是厚德沉稳，但也可以体会成无奈无觉无语无力无能。天何言哉？人何知乎？

性善论与天善论地善论

这里需要的是与性善论一样的天善论、地善论，人、神、自然，大家俱善论。必须是你好我好天好地好个个都好，不然，底下的戏全部完蛋。老子拼命反对儒家的啰唆，但最后也得承认"天道无亲，常与善人"。为了突出道，他把德、仁、义、礼都一通嘲笑，最后他除了道还必须承认善。而别的方面，奇葩论手庄周居然也认同孔子的赞叹说什么"天地有大美而不言"，比孔子说的还美好。老、庄都爱否定，终于承认了一加两半范畴：道、善、美。因为老子说过："天下皆知美之为美，斯恶已；皆知善之为善，斯不善已。"

对于天地的说法，与老、庄一样高妙独特的是孔子的"智者乐水，仁者乐山""智者乐，仁者寿"。这也是独树一帜的比喻、联想、直观、形象、编码、接受暗示、猜谜、想象思维。山的高耸与稳定，以之形容仁与寿，靠谱。水之灵动、更新、映射、清爽、柔润、适应，以之表现智慧，也很动人。天地山水，就这样把自然性、物质性、形象性、人文性、暗示性、道德性、文学性、语词性、原始性、终极性、启悟性、神性，都结合到一起了。这样的思想方法、描绘方法、论证方法与传播方法，也令后人叹为观止了。

天命至高，离不开人的努力

而我们的古代，荀子的天命观就更积极、更富于人的主体性，他提倡的是"制天命而用之"，令人想起的是俄国早期马克思主义理论家普列汉诺夫提出的，越是掌握客观的社会与历史发展规律，越能够充分发挥人的能动性，相近于荀子理念。

天最伟大，天让人努力奋斗，天性善良，人更要仁义道德。天人合一，讲起来不费吹灰之力。

子在川上曰："逝者如斯夫，不舍昼夜。"则是说的地上的大河，这也是孔子对人、对天地的观感。这里包含了面对时间的流逝，人们所产生的对于生命的珍惜与嗟叹，天地在催促圣贤、君臣、士大夫、君子做好自己应该做的事情。这里有一种悲情的使命感，富有一种绝对不可仅是自在，而更重要的是自觉与自为的责任担当、人生把握的内涵。

孔子又在颜渊死的时候长叹"噫，天丧予，天丧予"，他在悲天，怒天，怨天。当然，这只是一种民间化的情感表达方式，是抒发悲伤，或许并不代表什么不同的认知与见解。但孔子在此仍然流露着对于生者的督促与劝诫。那么好的颜回去世了，我们这些幸存者应该怎样地珍惜生命，多做"修齐治平"的好事情啊！

感慨天地，千言万语

中华传统文化不太讲究学科分类，中华诗文中，对于天地的感受思考，包含着多方面的内容。中华文化讲天地观，更抒发千千万万的天地感。感中观，观中感，是中华文化的特色。

"前不见古人，后不见来者。念天地之悠悠，独怆然而涕下。"陈子昂著名的《登幽州台歌》中讲的是天地的无穷大性质，在无穷大面前，人生显得渺小，充满对于天地的悠悠感。悠悠是什么？长远，悠久，遥远，众多，因其终极与无穷而显得刺激乃至荒谬。

而且陈子昂还将空间与时间的两个悠悠并且幽幽的感受，统到一起来了。

"海上生明月，天涯共此时""海内存知己，天涯若比邻"，明月在天，沧海、知己、天涯与比邻在地，初唐王勃与盛唐张九龄早已有了地球村感慨，不是由于交通与信息的高速公路，而是由于月光与友谊。但是考虑到地球的球形与时差的存在，"共此时"说或有科学上的瑕疵。天文科学可能不利于月光诗情，但愿科学能唤起新的诗意。

"三十功名尘与土，八千里路云和月"，以岳飞名义流传下来的《满江红》词，则是个体的天地境遇、遭遇与经验。此词以尘、土、云、月的对于地与天的概述，代替与美化深化对于自己的具体的军旅征讨的回味回顾，是事业的天地化，是生活经验的天地化，是政治与军事的艰难奋斗、历经时间空间的体验天地化。

也可以说，这就是人的天地化，人生一辈子的天地化，什么叫一辈子？就是看了、想了、敬了、赞叹了一辈子天，枕了、立了、走了、亲近了、又告别了、想念了一辈子地，然后，回归天地，即告别天地，告别人间，留下或多或少的痕迹，回到与天地与天道合而为一的田地。

人不仅是一个两条腿、五尺高的活物，人是天与地的产物，天与地的观察者、感受者、行动者与被启发者、被激励者，是天与地的孩子，天地的依恋者与被庇护者，是到目前为止天志的唯一一份心意、一个笑容、一点深思、一滴眼泪。人不灰心丧气，人还会设想与追求成为天地的使命承担者与天道地理的解说者与护卫者。

南北朝乐府诗《敕勒歌》写道："敕勒川，阴山下。天似穹庐，笼盖四野。天苍苍，野茫茫，风吹草低见牛羊。"这里也有苍苍、茫茫等接近"悠悠"的词眼，但更多了些亲切与温暖。将天视作牧民的毡房帐篷屋顶，这是比唐宋更古老靠前的更近原生态的生民感受。

"行到水穷处，坐看云起时。偶然值林叟，谈笑无还期。"王维的诗句则是从水之终于穷尽，云之经常升空，获得超脱与淡定。酒色财气，喜怒哀乐，生离死别，胜负通塞，都可以视如天象，可能是自然现象，也可能是神学符码；都可以观赏、理解、猜谜、消化、注意或根本不必注意，置理或不予置理。更聪明的办法是从生活中点滴中人事中变化中，摸索天道天命，豁然开朗，永远明白，至少是自以为明白。

天与地的一切表现与变动，有尽与无尽，理解与费解，如此与如彼，都可以在人的接受中有所等待、旁观、预防、警惕与淡化、一笑，也都可以在摇头与难以接受中先平静下来；可以设想水穷处的水并不一定消失，而可能是转为地下水，升高的也并不一定是云，而是两分钟后就会被风吹散的虚无缥缈的薄雾。

而最后两句呢，把淡定与超脱心态扩展到人事，对于一个好静的老人来说，遇到林间老叟，也只是偶值即偶然碰上罢了。无期就是不期而遇，生活赶上什么算什么，水就是流着流着就没了，云霞升起更是天晓得升起或不升起是怎么回事，反正升完了也就没有了，不但没有成年累月之云，也少有三四个小时以上之云。谈笑了吗？谈笑的最高境界是与没有谈笑一样，没有话题，没有目的，没有预设，也没有备案，也就没有得失成败、希望失望、快活不快活，更不会说完了又后悔，也很少有必要说完话留下备忘录。

这里引用的王维诗句是《终南别业》的后四句，心情偏于虚静与禅意。王维是一个诗意包罗宽阔多样的诗人，百姓的艰难、平民的生活、皇帝的爱情悲剧、商人妇的孤独寂寞、山水的美丽迷人，他都能写透写美，类似的晚年半官半隐、平静淡化之作，只是他的诗作之一小类，作为天地观照，却也别具一格。

对于天地，人应该保持敬畏也保持亲和，保持从顺也保持奋斗，保持关注也保持自决，保持轻松也保持淡定质朴的老农式的喜悦。

<h1 style="text-align:center">问天</h1>

天地同样是诗文、文学、哲学并伸延到社会与人文学科中的一系列疑问、究诘，敬畏与赞叹、悲哀与激情。

人生活在天地间，却说不清道不明天地间的那么多现象、问题、设想、说法与关切。这方面表现得最淋漓尽致的是公元前三百年的屈原的《天问》。《天问》是一首大体以四个字一句为基本格式的长诗，提出了一百七十多个问题，其中问天文的三十个，问地理的四十二个，问历史以及有关传说故事方面的多达九十五个。当然，这些疑问中抒发着诗人政治上的失意与激愤不平之气，但也确实地表达着人类对自己生存的环境与境遇的难以理解、难以接受。

有趣的是屈原受到了误解冤枉排斥打击，"屈子放逐，乃作《离骚》"，他没有在《离骚》中问政问楚王问排挤他的贵族，而是问天去了，如果他政躬康泰、日理万机呢？反而可能顾不上去找老天爷对话。文章憎命达，果然。

从屈原的问天中，我们还得到一个启发，在中华传统文化当中，我们头上的青天、苍穹、日月星、风雨电、白云彩霞，它的高大上久远的各个方面，就是我们文化中的自然之上帝，上帝之形象，是总负责总方向舵的代表，是总制作的神性法人。它可以接受祈求赞美皈依敬爱，也可以接受提问质询迷惑抱怨悲情与遗憾。它他她管着一切看着一切听着一切做着一切为着一切与无为着无视着无可奈何着一切的一切。

我们的先人，我们的老祖宗，我们的文化，怎么这样会观天、闻天、敬天、感天、飞天、学天、顺天、承天、冲天、翻天、哭天、怨天、靠天、倚天、惊天、破天、补天啊！一个天，在中华文化中激活了多少思想念头猜测启示情感呼唤与响应啊！没有对于天的各种感情思想言语说法神思幻想，哪里会有中华文化、中华哲学、中华圣贤、中华诗歌、中华美术、中华故事和中华儿女子孙呢？

天地境界

大哲学家冯友兰创立"四个境界"说。第一是自然境界，其实今日人们会说是本能境界：吃喝拉撒睡，"食色，性也"，这曾经被认为是最低的境界。现在讨论起来，人们的观感会有些不同。一个是长时期以来，工农庶民，一辈子为温饱而奋斗，为不至于饿死、冻死、淹死、晒死即因缺少基本的生活资料而死，为生存权而奋斗，为活着而吃尽苦头，为活不下去而革命造反。这个境界究竟算多么低还是并不低，恐怕还要研究，恐怕还可以留下更多的空间与角度。

而从道家的"道法自然"观念、从现今世界环境保护人士批判工业文明的"后现代"观点、从唯物主义的观点来看，"自然"是一个日益崇高化伟大化根本化的范畴。

第二个境界是功利境界，这应该是基本解决温饱之后的事。追求所谓鼻子底下的蝇头小利，也仍然有饿死苦死的阴影在身后驱动。这与本人的智力、教育程度、能力有关，在正常的社会环境下，大批人士会是功利境界的人，他们的功利当然利己，但也有时依赖并有功于利人利家利国。

第三个境界是道德境界，窃以为具有道德境界的人也多半是解决了温饱并小有生存与事业资源的人，还有就是为了道义理念不惜放弃与牺牲已有的一切的人，或者是各种不满于世界现状的志士烈士群体。他们做到了视道德高于生命，视道义使命和奉献精神高于一切，杀身成仁、舍生取义、公而忘私、一腔热血、先人后己、匹夫有责、民胞物与、视死如归、万古流芳、浩气千秋、设身处地、推己及人、舍己为人、高风亮节、为民请命、以身许国、春秋大义、精忠报国，种种美德，脍炙人口。

应该说道德境界，是君子境界，是士大夫境界，是公卿境界，是国之干城境界，是为政以德、以德治国、得民心得天下、王道仁政境界，乃至于是唐尧虞舜夏禹商汤文武周公仲尼的境界。是内圣外王的境界，是中华传统主流文化的境界。

道德境界也是苦行境界、献身境界、圣贤境界、舍身境界，不管在什么样的恶劣环境俗恶世风下，总有一些这样的人，黄钟大吕，彪炳永世，照亮黑暗，振奋人心，使人们看到希望。

第四也就是最高，乃是天地境界。就是说不仅是人文的，而且是扩而大之、饱而满之、周而全之、遍而及之、久而永之的境界。是天上三光日月星、地上三山五岳峰、人民万物全有致、内圣外王永太平的使命责任义务关注思考劳作境界。

天地也者，这里不但有人伦道德、仁者爱人，而且有天地义理，爱天补天，护地惜地，日月光华，四时吉庆，也有各种灾异，一切的一切都在启示你砥砺你，也可能谴责你警示你，你的重任在肩，良心良知良能在身，天将降大任于是人，你需要的是对天地负责，对日月负责，对万物负责，对天下负责，对生民负责，也要对祖宗与子孙万代负责。

天地境界说极有感染力、冲击力，它是更高的道德感受，是哲学直至神学的伟大崇高范畴，是数学的通向无穷与永恒的时间空间范畴，是科学的面对世界与人生的真理范畴，是诗学文学的感情化、审美化语言符号的升华扩展与再升华、再扩展，是悠悠此生此情、永生永情的诗性词眼，它也是一种中华式的神性幻想与崇拜。它略显宏泛、大而化之，然而既可视可触可感，又可以无所不包，找不到更合适的词来代替。

天地境界的说法教育我们，人生虽然短促，人身虽然渺小，人的境界是可以提升与扩大的，人不应该、不仅仅是为了自己而活着，人应该默默地体察世界、天地间的一切对自己的期待，默默地完成着自己对于天地、世界、人类、同胞、祖国、故乡、生灵万物的义务担当，有所发展，有所贡献，有所创造，有所事功，有所播种、影响与遗爱。

不同境界的人创造着、贡献着、享受着或者煎熬着、浪费着败坏着不同的人生。

天地与中华文化的整合性

从先秦到冯友兰的天地观、天地说、天地感、天地吟，直到天地境界说，是哲学、伦理学，也是文学、人学，是三观也是感慨，是民间通俗也是士大夫悠悠幽幽、乘风飞去、高处不胜寒，是形而下也是形而上，是唯物也是唯心，是世俗也是准宗教，是格物致知也是直观顿悟，是一些理论观点，也是感情飞舞，是随意性情，也是一种有中国特色的整合思路。

（原载《书屋》2022 年第 3 期）

青年、青春与时代

今年是中国共青团成立 100 周年，我又有从少年时代就参与青年革命运动、青年工作这方面的经验，我愿意就我青年时代的某些体会、某些经历，跟大家交流一下。

第一，我想说一下，随着革命高潮的到来，青年运动也越来越活跃，在某种意义上说，革命正往低龄化方面发展。在抗日战争期间，已经有了共青团这方面的机构和组织，中共中央华北局有一个城市工作部，这个城市工作部针对的主要是敌占区。华北局城工部的部长是刘仁，副部长是武光，他们领导、发动了大量的学生工作，学生当然是青年。那时不但在大学里有大学委（这当然都是秘密的），而且在中学里也发展了大量的党员和党的外围组织，就相当于团员。当时的党员是以中国共产党的党员身份来发展的，外围组织怕敌人破坏，就用了各种不同的名称，比如民主青年同盟（简称民青）、民主青年联盟（简称民联）、中国青年基金社等。万一敌人来了，弄不清它到底是怎么回事，是学生们自己组织的，还是地下党组织的。

我初中的时候，在平民中学（现在的北京四十一中），一次我参加全市的中学生演讲比赛，而且获得了名次，我变成了我们学校的一个小明星。我们学校还有个大明星，他是打垒球的，叫何平。有一天，他见着我就问："小王蒙，你现在看什么书呢？"我现在想不起来为什么会有那样的回答——我说我看的都是批判这个社会的书，而且我说了一句：我的思想左倾。这在当时是很危险的事情，但是我瞅着那个何平像一个好人，结果他就是地下党。他一听说我自称思想左倾，他两眼都瞪起来了，然后说，放学后上我家去。我们两家又很近，我在赵登禹路，他在现在政协所在的那条路——旧社会，他住的那边叫北沟院，我住的这边叫南沟院——我到了他的家里去，简单地说，他家就是一个地下党员培训图书馆。到了那以后，我就得到了一本苏联长篇小说《虹》——这本书的作者是瓦西列夫斯卡娅，她原来是波兰共产党党员，后来加入了苏联国籍——何平那里有这种书，书皮上印着《老残游记》，打开一看，是描写解放区的《冀东行》，其实也不是河北省东部，而是河北省南部（这里都有一些地下工作，你不能让敌人真正抓住你是怎么回事，冀东没有那些情况，说的都是冀南的一些情况）。我记得他第一次教给我很多的名词："CP"就是共产党，"CY"就是共青团，康米尼斯特就是"communist"，也就是共产党人，等等。他就开始对我进行培养教育了。

高中的时候，我考上了河北省立北平高中。河北省立北平高中是过去河北省教育厅在北京主办的一所很有名的高中。河北省立北平高中一直有学生运动传统，例如"一二·九"运动，河北省立北平高中的很多学生参加了，后来一些相当有名的领导干部，像荣高棠、康世恩，他们都是河北高中的学生。1948年，河北省立北平高中学生自治会成立的时候，演出的是解放区的《兄妹开荒》。这个事做得有点过了，有点太暴露了，所以就在那次学生自治会成立的时候，国民党特务砸了会场，逮捕了30多人。河北省立北平高中的旧址是现在的北京地安门中学，是以4月17日为校庆日的，原因就是4月17日是那次革命力量的大显示，也是反动力量的大迫害。这都是河北省立北平高中发生的。

1949年1月，解放军跟傅作义就北京的和平解放问题取得了一致。解放军进驻北京以后，光我们河北省立北平高中就有两个平行支部。1948年4月17日已经发生过一次大迫害了，可是到了1949年的时候，仍然有地下的党员，两个支部有十六七人；至于地下的盟员（相当于我们后来说的团员，后来全部转为团员），党的外围组织成员，加在一块有三四十个人，其中有些很优秀的人物，我都大吃一惊。当时都是单线联系，对于当时主持河北高中的地下党领导同志来说，他们绝对是非常重要的。因为河北省立北平高中受过打击，所以我们支部比较小，有5个党员，全部都是候补党员（候补期还没有完），另外一个支部多一点，有十几个人。我还可以回忆起1948年举行的平津学生大联欢，那也是地下党领导的，包括毛主席都说过在第三次国内革命战争期间，城市里边的青年运动、学生运动、地下党的工作、地下党的外围青年组织，现在来说就是共产主义青年团的工作，都取得了伟大的成绩。

我们再想一想，刘胡兰牺牲的时候只有16岁，我们歌曲里边的王二小，连环画里头的《鸡毛信》（海娃），包括有些少年儿童，他们都在整个的革命高潮之中，卷入了、参与了革命的活动。我想这是因为青年很容易接受革命的动员、革命的教育，他们对社会的黑暗非常不满，他们对革命的号召愿意响应。

第二，我说一下北京解放初期我们大量的地下党员、团员、学生、年轻人所起的作用。解放初期，北京的中学有好几种类型，一种过去叫市立、省立，就是原来的民国时期的政府所办的学校，像一中、二中、三中、四中、五中、六中、七中、八中，都是男中，女一中、女二中、女三中、女四中，就到女四中为止，这是女中；另外，还有一种是教会学校，还有所谓私立学校。

北京刚解放的时候，不可能有大批干部到各个中小学去。因此就要求，一个是原有的校长、老师还维持正常的教学工作，一个就是要依靠我们党支部，尤其是依靠团委。为什么尤其依靠团委呢？因为那个时候，毕竟在中学里边党员的数量是有限的，教师里边党员的比例也是比较低的，可是学生里有大批的团员，原来的所谓盟员、外围组织成员，一解放又大量地吸收新人，所以发展非常快。还有一些比如我刚才说的有些教会学校、职业学校，原来里边没有地下党员，也没有地下的团员、盟员，但是我们可以派人去进行宣传教育。

那时候一切都要讲"三观"，都要从头讲起。从劳动创造世界，从猿到人讲起，然后讲到原始社会、奴隶社会、封建社会、资本主义社会和社会主义、共产主义，讲到人民是历史发展的动力，讲到资产阶级对无产阶级的剥削和压迫，等等，可以说轰轰烈烈。一边是热烈的，欢庆解放迎接解放，叫作"革命在凯歌行进"，天天唱不完的歌，跳不完的舞，"解放区的天是明朗的天"，简直就是天天在过节，看到了生活的新面貌、新气象；另一方面，那时候的团委小青年，一个小干部，他实际上担负着学校里的大量工作。

当时的情况，特别是刚解放的时候，情况是千变万化的。第一，我们的革命大学——就是华北大学，华北大学是河北省原来的北方大学和张家口（察哈尔省）的联合大学，两个学校合并为华北大学，变成一个革命大学——年轻人经过三个月的培训，就吸收当干部了。当时战争胜利快得不得了，你刚在北京，就说给你安排了一个职位，没过五天就又把你派往上海，因为上海快打下来了，需要的干部更多。所以，大学里面的这些党员、盟员、团员，中学的尤其是高中的党员、团员、盟员，都紧着上华北大学或者上南下工作团。刚刚入团15天，自个儿报名就南下了，就往南京那边走了，往徐州那边走了，往上海那边走了，往武汉那边走了，因为全国都在解放。

因为进入了大城市，就考虑要招收一批有高学历的知识分子进入军队，当时叫军事干部学校。军事干部学校在西方就是军官学校。军事干部学校的招生、报名、审查、选拔，也是由各级团委做的，因为各级团委跟中学的联系最多，最了解中学的情况。还有一些解放初期的对敌斗争跟镇压反革命有关系，跟取缔会道门、一贯道有关系，跟清除一些反动言论、反动思想有关系，比如说朝鲜战争爆发了，当时也有各种的谣言，各个团支部、团总支、团委、团员，都做了大量的工作。所以曾经有一段时期，团委协助党支部实际上推动了整个学校的工作。后来，我的印象是到了1952年下半年、1953年、1954年，才慢慢地把学校的体制改变过来，教会学校基本取消了，都改成了由北京市教育局管理的学校，也派了大量的干部到各个学校里去。

原来团委的这批同学，还上着课，考着试，一会儿一个电话就跑到区委会，跑到什么团市委开会去了，要承担招收军事干部学校学员的任务，一会儿又要承担往南下工作团输送干部的任务。可以说他们做了大量的工作，也得到了非常大的锻炼。

第三，还有一个经验，我个人也是非常有兴趣的，非常爱说的事，就是我从1949年8月到1950年5月，曾经在中央团校第二期学习，我是中央团校第二期的学员。那时候中央团校二期在北京市还没找到房子，中央团校二期在良乡举办。我们到了良乡，就住在老乡的家里。学校的领导也是找一处面积稍微大点的房子，都是农村的房子。上大课基本上都是露天的，有没有在室内上过课，我已经记不清了。

但是，我最想告诉大家的、我最难忘的，是给我们讲课的老师，老师的豪华阵容太不得了了。给我们讲毛泽东思想的是田家英。田家英给我们讲课，从下午两点讲到六七点，停止，吃饭，吃完了饭没休息半小时，就又接着讲，一直讲到晚上11点。给我们讲搞工人运动的是李立三。李立三曾任中华全国总工会的副主席，他又是一名老的工人运动的活动家。中华人民共和国成立以后通过的第一部法律是《婚姻法》，给我们讲《婚姻法》的是王明，王明上课我倒没留下多么深刻的印象，但是他这个名字太厉害了，当时王明是政务院法治委员会的主任（因为那时候人大什么的还都没有建立，政协建立了，底下都有一个过程）。给我们讲妇女运动的是邓颖超，说话最有北京味的是邓大姐。尤其使我难忘的，给我们讲政治经济学的是苏联的教授马卡洛娃，而翻译是毛岸青。马卡洛娃给我们讲课的时候，我太佩服了，他的反应真灵敏，他讲政治经济学就跟念文稿一样，一个打磕巴的地方都没有，一个口误都没有，我的感觉就是（那时候当然没有这些设备），如果把它全录下来，到时候你用软件就可以排印，当讲义排印。他穿着当时俄式皮夹克，人也非常的帅呆酷毙的那种感觉。给我们讲哲学的是艾思奇，艾思奇当年在国民党统治区就出版过《大众哲学》，他把辩证唯物论用故事的形式讲，也是名气特别大。给我们讲革命战争、讲军事史的是孙定国，给我们讲中苏关系史的是师哲。师哲长期主持马恩列斯著作的翻译工作。所以说，对于我们革命文化的软实力、革命理论的力量、知识的力量，我在中央团校二期都得到了深刻的体会。

在中央团校期间，我们还参加了 1949 年 10 月 1 日的开国大典。我们早早地就到了——有一大批人是北京的学员，到了北京，回到自己家，然后当天下午参加开国大典。我是作为中央团校腰鼓队的成员，还事先排练了腰鼓。我到现在还记得两种鼓点。后来，中央团校迁到了东四十条这边的后元恩寺、前元恩寺这边，而且有一个礼堂暂时归了中央团校，后来中央团校当然又改了地方。我们毕业的时候得到了毛主席的接见。毛主席那一次接见的，一批是中央团校二期的毕业生，一批是参加海军青年工作会议的海军青年英雄模范。所以，我曾经在中央团校有这么一段经历，我是永远难忘，永远受到鼓舞。

第四，我想回忆一下，就是在我有限的做团的工作经历当中印象最深的一些说法、一些提法。我是 1949 年 3 月参加了工作，不再上学，成为团市委的一名正式干部。1952 年，我年满 18 岁的时候，转为正式党员，并且担任了北京市东四区的团委副书记，后来还担任过四机部 738 工厂的团委副书记。

在这些团的工作中，我有三句话永远忘不了。一句是团的先锋作用与后备军作用。可以想象一下在我们国家的革命运动当中，不论是五四运动、一二·九运动，在解放战争当中的学生运动，有反美抗暴的运动，有"反内战、反饥饿"的大游行，有五二〇游行，有"七五惨案"。青年学生、青年运动、团的组织都是在革命运动中打冲锋的。后备军，共青团就是党的后备军，就是要在你从少年青年时代就接受到党的教育，接受到组织的培训，将来能够成为共产党员，成为能够继承弘扬革命事业的党员、干部，起很好的作用。

第二句，就是 20 世纪 50 年代的时候我们最常说的一句话：培养全面发展的社会主义新人。因为马克思对资本主义的批判，其中当然首先是对资产阶级的剥削压迫、占有剩余价值的批判，是对资产阶级专政的批判，也是对资本主义无政府状态、经济危机带来的种种困难的批判；其中还有资本主义的发展造成了人的异化，造成了人的发展的片面性，每一个人都被变成了机械的奴隶，变成了一个小单元，一个小的、一个重复的、愚蠢的、没有智慧的、一个活动的劳动力。所以马克思就说，一个理想社会，是人能够得到全面发展的。我记得 20 世纪 50 年代中国翻译过曾任苏联最高苏维埃主席加里宁的一本书，叫《论共产主义教育》。因为他是一个老资格的革命家，他对苏联的共青团的工作也非常关心，到处讲人的全面发展，我就记得说人应该会这个，也应该会那个，用现在的话，理科、文科你都应该学会；你还应该是文武双全，你的身体要非常健康，你要符合"劳动为国"的需要；你还要会跳舞，有健康和优美的身体，这是一种文明，等等。这对于中国人当时来说，都是很新鲜的，因为我们国家还没有发展到那一步。所以，要培养社会主义的全面发展的新人。

当时还有一个口号，这个口号是列宁的原话——"学习，学习，再学习"。列宁的原话可能说的就是共青团的任务，第一是学习，第二是学习，第三是学习。我想这个话对我们今天也非常有意义，因为今天我们的中国特色社会主义发展进入了新时代，我们不管是科学技术，不管是人类命运共同体的建设，不管是整个经济生活、文化生活的高质量，都对我们有新的要求，我们原来的那点知识已经不够了。毛主席在《论人民民主专政》这篇文章里也说过，就是我们国家的发展进入了新的阶段，革命进入了新的阶段，我们原来最熟悉的一些，现在可能不见得用得上了。有些原来不熟悉的需要我们去学习、掌握、做好。

时隔 70 多年了，回忆我年轻的时候参加的青年运动、青年工作、团的工作，回忆我写的小说《青春万岁》以及由其改编的电影最后结束都是一面一面的团旗，我也仍然受到鼓舞，愿意和大家分享一点我过去的经历。谢谢各位！

（本文系 2022 年 6 月 15 日王蒙为中国海洋大学庆祝共青团
成立 100 周年所做的视频演讲，温奉桥、王晓鹏
根据视频整理）

七十年后像小说

——《从前的初恋》创作谈

　　《青春万岁》是写作四分之一个世纪后出的书。《这边风景》是动笔四十年后问世的书。而《从前的初恋》初稿，写于1956年。

　　　　日子分明恋逝川，稚心六十六年前。

　　　　青春万岁情犹炽，梦断千秋篇未残。

　　　　欢语温存方脉脉，小说奔放已连连。

　　　　老文新做成一笑，阿蒙重温雪色寒。

　　六十六年前，此作可能太"时"与"实"了，还未免"直"与"执"。当时的老《人民文学》，退稿是必然的，也是完全正确的。相隔 1.1 个甲子，再经过老 M 的加工，感觉全然不同。一句话，俺的写作也忒急性子啦。唉。

无奈提前六十年，开花结果怎争先。

几番风雨前后浪，梦里朝阳霞满天。

（原载《小说选刊》2022 年第 5 期）

活灵活现的文化人群像

——王蒙、舒晋瑜对谈

　　舒晋瑜撰写的《风骨：当代学人的追忆与思索》一书，引起我很大的兴趣。她写了 29 位著作家、作家、翻译家的经历、故事、人生历练与特色脾性，并且"上纲上线"，讲到一批文人的风骨，透露了许多知其名而不甚知其人的有影响的书写者的珍贵信息，也画龙点睛地讲了很多我的老朋友的精彩言语、精彩逸事。

　　比如吴小如，早在 20 世纪 80 年代初期，我就从定居美国的夏志清教授等学者那里得知他的大名与人望，这次读了舒君的文字，才亲热明晰了很多很多。翻译家草婴的名字如雷贯耳，他翻译的《被开垦的处女地》第二部里写到贫农拉兹米推洛夫徇私释放了情妇以后，下面一句是："谁知道呢？"一句最普通的疑问句，令我如醉如痴。而这次居然从舒文中获得了草婴的这么多信息。

谢谢晋瑜！

还有更妙的，我一直寻觅地下党时读过的当时被说成是以"苏（联）商"个人名义在上海经营的时代出版社出版物，打问过一系列老出版家，无人知晓，终于，从晋瑜笔下的草婴这里，找到了"时代"的足迹。

从《说吧，从头说起——舒晋瑜文学访谈录》《以笔为旗：与军旅作家对话》到《深度对话茅奖作家》《深度对话鲁奖作家》，"舒晋瑜文学访谈"在文学界的影响越来越大，她的勤奋、敏锐，对文学的热爱、独特的感悟和亲切朴实的采访风格，也越来越得到文学界的认可。作为一位思想独立的记者，舒晋瑜在《风骨》中实现了一种自我突破，更多地越过采访对象表层的人生事迹，挖掘精神世界的魅力，将一批在读者心目中高山仰止的文化人物录于一编，这种眼光和心界的突破，带给读者的不亚于一场文化的大餐。

便想与作者聊聊，像她过去多次与我谈拙著的路子一样。

王蒙：你写了这么多作家，有的写得很深，有的罕为人知，你觉得作家愿意诚恳直率地谈论自己吗？不是有一说，吃"鸡蛋"就行了，何必过问"鸡"呢？

舒晋瑜：谢谢王老师，每次和您聊天都是愉快的享受和学习。面对面的访谈，大多数作家都愿意诚恳地谈论自己，常常访出意外的惊喜，谈出意外的收获；从中大致能了解作家的人生阅历、创作脉络……写作的初衷是与人为善，希望给读者带来些许的光和温暖。我首先是读者，然后才是记者。采访前，我尽可能通读作家的作品，并了解别人是如何写他们的；写作的目标：要么写得新，要么写得深。每当读到令我击节赞叹的好作品，我总是特别好奇，忍不住想探究作品背后的隐秘，既吃"鸡蛋"，又想知道下蛋的"鸡"，是人之常情；往往是什么样的"鸡"下什么样的"鸡蛋"。王老师，您觉得呢？

王蒙：是的。当我们称颂一个国家或一个特定时代的文学贡献的时候，并不是只消看看图书或者作品目录，虽然作品目录对于一个著作家是最重要的。我要说，还要注意作者的阵容，阵容就是人，就是人生大书，就是时代、天才、文脉、智慧、良心、使命、魅力与风骨。人是书的源泉，是人文的生产力。

那么，为什么要命名"风骨"？命名风度、风景、风姿不是更轻松吗？骨是不是一种硬核？如果应该强调的是和谐呢？

舒晋瑜：缺什么就会寻找什么。我想，不论是做人，还是写文章，都需要风骨。尽管笔下的人物经历、所从事的领域、性格特点有所不同，但他们的为文为人都有风清骨峻的一面。比如钱谷融倡导"治学的道理和做人一致""首先必须真诚……说自己的真心话"。吴小如不说违背良心的话，不做让自己后悔的事情。

他们都有着自己独特的个性，也就是您说的"硬核"，使他们保持一种令人敬重、傲然于世的品格。周有光的通达，许渊冲的坚韧，草婴的良知，吴小如的耿介……他们是中国知识界的精英，是 20 世纪的亲历者和见证人，在一定意义上也是人文精神的一种缩影。我想通过文字记录他们的人生经历和思想轨迹，由此展示出知识分子的心灵史。他们要风度有风度，要风姿有风姿，但纵有万千风景，我仍觉得概括书中人物最恰当的词就是"风骨"。在这个大时代里，他们的"风骨"各美其美，美美与共，美即是和谐。

王蒙：好！在我的意识里，风骨是一种纯洁，一种尊严，一种实诚，一种光明，一种有所不为。更干脆一点说，风骨的前提是干干净净，热衷于贪婪于私利的人与风骨绝缘。马识途长者的对联："人无媚骨何嫌瘦，家有诗书不算穷"，是风骨；他书写的左宗棠的对联："能耐天磨真好汉，不遭人妒是庸才"，更令人拍掌叫绝。而你说的"各美其美与美美与共"已经比古人所讲的风骨提高了一个台阶，具有了某种新时代特色。美美与共，这里已经有了虚怀若谷与从善如流，有了非排他性非零和模式，有了见贤思齐，见不贤而自省（注意，不是见不贤而快意贬损，有机可乘）的意味。

但是，我仍然要问，这么多著名作家，个性相距很大，风骨颇有差异，你都来者不拒，一概认同包容吗？

舒晋瑜：报人需要兼容并包，博采众长。我的采写以真诚和善良为本，将心比心，相信"最真诚的慷慨就是欣赏"，总能从他们身上找到共鸣点，发现闪光点。

换个角度，或者可以理解为是这些名家、大家对我的包容。在采访中，知识未免有局限，提问未必都妥当，但是好在他们都能接纳我。和智者交流，是很幸福的事。风骨有相通的一面，是有感染力的。采访他们就像是给自己充电，给自己补精神的钙。我也想写出风骨，与读者分享这种感受。

王蒙：你的话令人高兴，我明白了你的工作的秘密。那么，风骨是一种个性吗？核心价值强调的是我们的共性吧？怎么样把个性与人民性、整体性结合起来呢？

舒晋瑜：是的，风骨是知识分子的个性，且与国家的历史和特殊环境紧密相关，他们以精神的方式参与国家与民族的历史进程，其核心价值强调的则是民族与时代的共性。他们的个性和作为本身就是人民性的体现，是一种自然的融合。个性是美丽的浪花，人民性是汪洋大海，个性只有融入人民性中，才不会枯竭。

王蒙：仅仅个性可能不足以风之骨之。辜鸿铭的个性很有趣，学问又大，可惜无缘接受你的采访，如果他在世，你愿意采访他吗？我觉得可以采访他，并且将他的言语故事写入《风骨》，有铮铮铁汉的风骨，也有善谑非为谑，微言可解纷的风骨。难说的是越王勾践那样的人，夸父追日那样的故事，还有《史记》里头《刺客列传》中的一些记载，令人困惑较劲。看来，中华文化对于知识精英的美德的解析与摹写，还需要更多的范畴与定义。你的书还给我一个启示，知识精英的风骨，常常表现为一种敬业，一种业务奉献精神，可以雕龙，可以雕虫，可以大者，可以鄙事而匠心独运。你说呢？对文学的追求对文学大家的敬仰，与个人的风骨关系怎样？

舒晋瑜：我特别喜爱辜鸿铭，他学贯中西，能言善辩，机智幽默，他概括的中国文明的三大特征和中国人的性格，深沉、博大和纯朴，"难以言表的温良"，太绝了！他的个性和气节令我激赏，如果能采访到他，那将是怎样的一场有趣又激烈的思想风暴。

尽管对文学有执着的追求，对文学大家有着敬仰之心，但是采访的角度，仰视不好，俯视也不好，只有平视、平等的对话，不卑不亢，朴素真切，最恰当不过。您就是我们身边的榜样，您宠辱不惊的人格魅力，也是一种风骨。

王蒙：我其实要说的是一些大家本人对于自己从事的人文学科，对于艺术学术外语翻译的崇高追求，不会仅仅是发行量，不会仅仅是票房，不会仅仅是点击量，更不会致力于造势炒作，还有抄袭与冒名顶替，偷税漏税。真正的对于本身业务的高质量追求，对于老知识分子们，太重要了。对于今人，也许更需要强调了。

舒晋瑜：您总结得真好，这正是写作的意义。翻译家草婴用二十年的时间翻译列夫·托尔斯泰的全部小说。有人说托翁是19世纪世界的良心，草婴也秉持着这样一种良心，平生只追求一点，就是堂堂正正做人，认认真真做事。那一代卓越的知识分子的人格值得今人尊重和学习。

王蒙：今天的文人，与20世纪的文人，有没有明显的区分？

舒晋瑜：20世纪的文人似乎更多一些气节。今天的文人，物质生活比以往提高了；面对的诱惑更多，挑战也更多。但是内在的名士之风应该一致。认识他们，读他们的书，对比中能区分出来。比如宗璞"希望艺术创作能够真的像个艺术品"，比如严家炎的"侠士精神"，再比如屠岸"虽然写了一辈子的诗，仍觉得不够诗人这个称号"。

王蒙：你碰到过城府较深，不谈私人生活的作家学者、拒媒体于三十公里以外的学者与作家吗？

舒晋瑜：前几天刚刚给一位著名的翻译家打过电话，她对我说，不接受任何媒体的采访。之前也有，不只婉拒三十公里，百十公里以外的也有。对于必须要采访的大家，只能等待时机，另寻机会。城府深的、对媒体怀畏惧或警惕之心……什么样的采访对象都有。设身处地替对方考虑，多一些理解和尊重，这样的相处双方都会觉得舒服吧。

王蒙：是的，学者作家，有他们的专长学识、风骨特色，也会有些自我中心、自我张扬或自我保护的习惯。你的工作有顺风顺水的一面，也会有磕磕绊绊的一面，你已经做得很不错了，祝福你做得更好。

舒晋瑜：谢谢王老师，您总是鼓励我。工作中的确有很多磕磕绊绊的，也属正常。我很知足，心存感激，因为《中华读书报》这么好的平台，有作家和同事们的支持，否则难以施展自己的理想和抱负。

王蒙：还有些我很熟悉、交往很多的朋友，例如宗璞，但你写她的卧游说——"我最想做的事情是周游世界。可是如今我只能卧游！"她的为什么写小说、写散文、写童话（曾经有人问她，为什么写小说？她说，不写对不起在身边凝固的历史；为什么写散文？不写对不起胸中的感受；为什么要写童话？不写对不起脑子里的梦；为什么要写诗，不写对不起耳边歌唱的音符）都令我雀跃欢呼，忍俊不禁。宗璞不是凡人，她的"蚂蚁著书"的说法应该进中华经典。

还有你写的翻译家，那才叫真正的翻译家呢，一个文学大国的文学生活、文学资质、文学内涵、文学阵容，除了创作，还必须包括翻译。想想当年的阵容吧，汝龙之于契诃夫，丽尼之于屠格涅夫，傅雷之于巴尔扎克等法语作家，曹靖华之于俄苏文学，令人惊叹。今安在哉？从你这儿开始，呼吁一下对翻译家的关注与期待吧。

舒晋瑜：优秀的作家、翻译家都是相似的，他们将整个生命投入创作或译介。草婴要求翻译家必须对作品人物有共情；许渊冲一生追求诗译，希望译文中有无色的画和无声的音乐。这些翻译大家，他们的通透、豁达、谦逊、包容，潜移默化给了我很大的影响，使我受益匪浅。希望读者能喜欢《风骨》这本书。感谢王老师对《风骨》的推荐。

晋瑜说

这篇访谈，是王蒙先生在住院期间完成的。每一次阅读都感动，每一次，都能读出一位文学前辈对晚辈的爱护和提携。我自2000年入职《中华读书报》，二十余年间多次采访王蒙先生。他的创作力如此旺盛，是评论家眼里令人"追不上"的作家，我仍气喘吁吁地跟在后面追踪阅读，试图通过他的作品解读文坛常青树之所以葱郁的密码。采访总是愉快且获益良多，他的智慧、幽默和机锋，他的天真、豪放和悠游自在，更不用说作品中释放的思想之深刻通达。听君一席话，胜读十年书。我听了很多"席"话，每回都是满载而归，甚至有些幸福的窃喜。

这次轮到我谈了，王蒙先生说，咱俩换位，你是作者，我采访——

我有些不安甚至惶恐，更多的还有好奇和渴望。然而，受益的仍然是我，王蒙先生的学养、眼界、胸怀……感谢他对《风骨：当代学人的追忆与思索》的发现与提炼，感谢王蒙先生对后学的鼓励和肯定，更鞭策我继续奋力前行。

（原载《光明日报》2022 年 9 月 15 日）

二 〇 二 三 年

文化遗产与文化传统

这两天，在榆林看到非遗保护传承上所做的有效工作，我非常感动。有机会来榆林参加首届中国非物质文化遗产保护年会，对我个人来说是一次很重要的学习，现在还没有形成深刻的见解，仅谈一点自己的学习心得。

一、文化传统与非遗

对于非遗，我更重视的是作为文化传统的一个重要部分的分析。文化传统的载体主要体现为三个方面：一是文物古迹遗址：长城、运河、兵马俑、金缕玉羽衣、马王堆文物、三星堆，还有各类青铜器、瓷器等，它们都是可接触的、是物质性的，就是我们所谓的文物，个人收集的或者国家保护的文物。

二是经典典籍。包括语言和各种符号所组成的文献、图表等等，包括非常引人注目的周易、六经、孔孟老庄、诸子百家、史记、汉书、竹林七贤、唐宋八大家、宋明理学、红楼、水浒、三国、西游等，引用毛主席的说法，就是"从孔夫子到孙中山，我们应当给以总结，承继这一份珍贵的遗产"。

三是民间文化艺术、工艺美术与生活方式、风俗习惯。它包括了政治生活、社会生活、日常生活、家庭生活、衣食住行、柴米油盐酱醋茶、吃喝拉撒睡各个方面，这些都是传统文化的载体。对文化的解释，全世界有200多种，最简单的一个解释"文化就是人化"，就是除了原来的大自然所具有的东西以外，人在自己的生产斗争、阶级斗争和各个方面的活动中所创造积累的一切。对于文化载体，我有一个心得，文化载体就是我们的人民。人民心目中所想的、所习惯的、所喜爱的，都反映出来文化传递、文化传统。

上述第三个方面，常常被归纳入非遗。非遗对我们的意义非常重大，对非遗的重视和研究提醒我们的身份认知。这是现代化的一个潮流，是紧扣着全球化的一种表现。对于一些不发达的国家或发展中国家来说，现代化构成了很多的挑战。它会使这些国家产生一种身份认同危机，就是说现代化的结果是处处学外国，找不到自己的文化身份，不知道自己到底是怎么来的。而恰恰对非遗的保护、重视、理解、热爱，能够使我们认识自己从哪里来的，要到哪里去。文化来自人民、来自生活，它能够改善生活，指引、丰富和提升生活。文化遗产不仅在古建筑、古器皿、古寺庙、古墓葬各种文物与文献典籍中，而且在我们每一个老百姓的生活之中，更在人们的记忆、习惯、集体无意识、三观特色、生活方式、谚语、成语、俗语、身体语言、表情之中。

二、非遗的价值

非遗具有重要的价值，它有助于提高我们的生活质量，具有某种规范性与有效性。例如婚丧嫁娶的礼节、生活应有的节制、待人接物的礼貌等等。中国还有很重要的一条就是重农、爱惜粮食，另外还提倡勤俭与否定懒惰等等。

非遗的价值还在于它能够长期发挥作用、有所传承，并有发展创新与空间延伸的影响力和生命力。它的传承性、时代性与本土化，就是与时俱进。非遗的价值还在于对于社会、族群、家国的凝聚力和推动力，有利于国家、民族的凝聚团结、文化自信，成为国家民族的文化标识。如不同的服装、衣帽、发饰、日用品的选择，特有的体育与游戏，如踢毽、跳房子、中国功夫都是这样。外国也有这种属于他们自己的特殊的东西，这些东西都使人们的爱国主义成为一种天生的本能。

非遗和软实力的关系是非常密切的。在某种意义上可以说，非遗是软实力的一个重要源泉。英语 Intangible Cultural Heritage，就是非物质、非遗，但联合国的定义有一点发展，说那是无形的和难以描述的一种文化。它指的是很具体、很固化的那些东西，在某种意义上，这就是我们的软实力。中国作为一个 5000 年的文明古国，有特殊的语言和文字，我们的汉藏语系就是我们自己的文字特点。很多有特色的文化积淀，也有利于提升他人对我们文化传统的好感度，对内对外就会产生一种吸引力。

三、民间文学

民间文学有其独特的文化属性，常常体现着长期形成的价值观念、精神特色、舆论倾向，深深植根于生活中。中国民间文学中，有很多不可思议的提倡奋斗的故事，比如《山海经》中的精卫填海。炎帝的女儿被海淹死了，然后变成一只小鸟，每天从早到晚叼着一根小草或者沙粒，要把大海填平。这是不可能的，但是她反映出这种愚公移山的精神。愚公移山是《列子》上讲的故事。现在有人说，愚公移山效率太慢，在经济上也不划算。这里谈的不是一个具体的操作问题，不是一个改造自然的计划，而是人的精神。再比如民间故事铁杵磨成针，李白在学习上感到困难的时候，见到一个老妇磨铁杵，说要把它磨成针。只要功夫深，铁杵磨成针，就是教育你要敢于奋斗、永远奋斗，这种奋斗的精神一直传递到现在。

我个人非常喜欢背诵毛主席语录。毛主席说，"斗争，失败，再斗争，再失败，再斗争，直到胜利——这就是人民的逻辑。""捣乱，失败，再捣乱，再失败，直到灭亡——这就是帝国主义和世界上一切反动派对待人民事业的逻辑，他们决不会违背这个逻辑的。"我们看一下历史就知道，失败、失败、胜利，这样的例子很多。像楚汉相争，汉开始时一直失败，但是最后的垓下之围，把项羽给消灭了。再比如苏德战争，德国开始也是把苏联搞得很狼狈，最后苏联赢得了卫国战争的胜利。这里讲的不是一个数量关系，而是一个数序关系。经过了多次失败，你取得了胜利，他经过了多次失败，而最后走向了灭亡，性质是完全不一样的。还有《赵氏孤儿》，这个故事你可能无法想象，早在歌德、伏尔泰那个时期就被翻译成欧洲的语言文字，在法国上演了。

我们的盘古开天地、女娲补天，表达了万物有灵，反映了对大自然的敬畏。我们还有许多善恶报应的故事，提倡积德行善。包拯的故事，颂扬清官、提倡公平公正。大量民间故事，提倡苦干、提倡诚实、提倡个人吃小亏，贬低花言巧语与阴谋诡计。再比如《呆女婿》的故事，新女婿不会说话，总说得不合适，但是人特别好，他的命也就好。还有很多分家的故事，都是老大傻、老二精，老二或者老三，人还挺坏。分家的时候，老大就吃了大亏，但是吃亏的结果是他各方面走向顺利，他的家业也越来越好。而精于算计、骗别人的那几个兄弟，最后全失败了。可以看出，这些民间故事里都有大量的价值观念。

我再谈一下曲艺，实际上我们的非遗机构和工作中有很多人重视这个，但是我仍深深感觉到现在曲艺面临着危机。我童年时没有电视机，有个"话匣子"就是收音机，每天放学回来后先听西河大鼓、穆桂英挂帅这一类曲艺。现在你想听西河大鼓，北京几乎很难找到了。还有评书。北方过去最有名的叫单弦，有一大批有名的评书说书人，现在也没有那么兴旺了。还有山东快书、天津快书、京韵大鼓、梅花大鼓等，都是非常好听的，而现在北京的单弦演员、梅花大鼓已经很难找到了。这需要抢救、需要保护的，还有四川清音、数来宝、二人台、二人转，甚至包括相声。当然相声现在还受欢迎，但是缺乏新作品、好作品。

这次在榆林的陕北民歌博物馆看了二人台，我非常喜爱。二人转因为使用东北方言，北京人容易接受，二人台北京人可能还不太接受。陈云同志也很支持曲艺，还曾担任过苏州评弹学校名誉校长。骆玉笙同志成立中国北方曲艺学校时，陈云同志题写了校名。我个人对曲艺也有特别的期盼和担忧，在各类民间艺术演出的节目中，很多过去的老节目现在没有了。

木偶戏现在还有一些，有的演出很成功，在国际上得过奖。皮影戏也越来越少了。还有斗鸡，斗鸡赌博是不好的，有一部电影叫《斗鸡》，它是批判赌博的，但斗鸡本身也是一个游戏。斗蟋蟀也很有趣，我小时候很喜欢养蟋蟀，《聊斋》有一个专门描写养蟋蟀的故事。这些东西如果没有人注意，会慢慢消亡。文化的发展一方面是不断创新，另一方面也在不断冷淡乃至淘汰某些遗产，以至于最后某些积累被淘汰了。根据这次年会保护文化遗产的精神，我们应该思考一下这个问题。

四、生产生活方式

由于我在新疆有过多年的生活，我对少数民族的非遗也特别感兴趣。新疆过去有一种工具叫坎土曼，现在会用的人越来越少。它的形状像锄头，挖地的部分跟铁锹那么大，但它不是铲，而是抡与砍的动作。还有镰刀、斧头、锄头、钐镰。钐镰是北疆地区常用的一个长柄的大镰刀，就是砍割草用的。在我们的农业机械化快速发展中，有些东西就慢慢地没人使用了。

我还很喜欢新疆的水磨。它的水势非常大，在大部分的农村地区，过去磨粮食都是使用水磨。现在都用电磨了，水磨就成了一道风景。在民族习惯上，鄂伦春族的狩猎，新疆锡伯族有西迁节，塔吉克族有引水节，维吾尔族的刀郎麦西来甫，蒙古族有那达慕大会，这些都应该给予关注。

五、生活中的非遗

少数民族的服装也各式各样，内容非常丰富。少数民族民间的化妆方法很多是我们这里所没有的，有染掌心的，有描眉毛的，包括它的发型发饰。过去没有定型胶了，河北省有很多地方妇女就用刨花水定型，就是用木材泡了水以后在头发上定型。

生活中我们提倡茶禅一味，就是说在喝茶当中，有一种对人生的体悟。这个说起来简单，但是真正能够喝出禅，对禅宗有体悟，并非易事。《红楼梦》里有一段对喝茶的描写，把妙玉写得很神奇。贾母带着宝玉、黛玉、宝钗一起到栊翠庵，就是妙玉带发修行的尼姑庵去喝茶。到了以后，妙玉首先给贾母敬茶。贾母说，我不喝六安茶。妙玉说我知道，我给您预备的是老君眉茶之类。六安茶，曾经是清朝朝廷的官方茶，有点像咱们现在的龙井茶，可见妙玉非常了解贾母喝茶的习惯。《红楼梦》里还有很多非遗的描写，他们有多少种酒令，高级的有高级的酒令，低级的有低级的酒令，酒令里头有了薛蟠，就属于黄色、淫秽语言了，但那也是其中的一种酒令。除饮茶、饮酒外，吃饭、祭祖，里面的内容十分丰富。

非遗和涉及生活的各个方面，从婴儿的出生成长开始，有出生礼、满月礼、成人礼。婚俗中婚前礼有订婚纳彩，正婚礼有迎亲拜堂、闹洞房，婚后礼有回门等，有些东西现在已经不适合了。但知道这个，对我们很有好处，它的好处就是把结婚看得很重大。当然，过分的封建包办，是我们绝对不能够接受的。但如果把结婚、离婚变成家常便饭，还有什么七年之痒，这些我都是非常不赞成的。恩格斯说过，"没有爱情的婚姻是不道德的。"在这里我狂妄地给老祖宗们补充一句，"就是没有道德的婚姻也是靠不住的。"没有道德的爱情，也很难有成功的婚姻。对于婚姻的各种习俗，我们可以考虑其中的精神：就是说人一辈子能结一回婚不是很容易的事儿，不要动不动就把它搞得那么轻率，那么不负责任。

六、中华历法

二十四节气据说已经被联合国接受为非遗了。我个人认为对中华历法的认识不能仅限于二十四节气，中华历法是全世界唯一的把阴历和阳历结合起来的一种历法。太阴历，完全的阴历是伊斯兰历。伊斯兰的节气经常变化，它的宰牲节、斋月，有时候是冬天，有时候是夏天。而我们的二十四节在阳历上是相当固定的。阳历是根据地球自转和绕太阳公转制定的相当固定的历法。中国的历法还考虑了其他的行星，对水星、木星、土星、火星也有考虑，所以这是非常了不起的。我们现在把中华历法译为lunar calender，说它是一种月亮历、阴历，这并不准确。我认为中华历就叫中华历，不仅是阴历，也不仅仅是农历。

七、对我国兄弟民族的非遗的整理与保护

1949 年中华人民共和国成立以来，我们对各个兄弟民族的非遗整理与保护取得了巨大的成就。像蒙古族史诗《江格尔传》、藏族的《格萨尔》、彝族的《阿诗玛》、维吾尔族的《阿凡提的故事》。《阿凡提的故事》不是史诗，实际上是民间故事，带有笑话的性质。柯尔克孜族的长诗《玛纳斯》、壮族的《刘三姐的故事》等都是民间文学的代表性作品。还有哈萨克族的"阿肯弹唱"、维吾尔族的"十二木卡姆"，这也都是很早就被联合国教科文组织所肯定的非遗。

这个"木卡姆"在新疆实际上还有好多形式。除了"十二木卡姆"以外，还有"刀郎木卡姆"，刀郎在叶尔羌河一带，它的木卡姆显得更强烈，更有一种强悍的生命力。吐鲁番有"吐鲁番木卡姆"，哈密有"哈密木卡姆"。我这个外行听起来，"哈密木卡姆"有1/3以上是蒙古调子，因为哈密那边的蒙古族人也比较多。我曾经写过一首关于"木卡姆"的诗。我特别强调，这个"木卡姆"让你感觉到在新疆那样一个有大量的戈壁滩、相对比较荒凉的地方，有了"木卡姆"就使生活变得不荒凉，变得绚丽多姿了。

自党的十八大以来，习近平总书记对于文化自信，对于文化传统，对于马克思主义的本土化和大众化，对于中国式现代化，提得越来越多。习近平总书记也特别强调，我们的道路自信是离不开文化自信的。讲好中国故事，传播好中国声音，促进中外文化交流和文明互鉴、增进民心相通，都与我们的文化保护、文化弘扬、文化传统与现代化的对接有关。

习近平总书记指出，要推动中华优秀传统文化创造性转化、创新性发展，以时代精神激活中华优秀传统文化的生命力。

在这里，我再谈自己的一个学习心得。文化传统的力量是无穷的。你看着它很古老，但是它一直发展，发展到你这一辈已经有了许多许多的变化，这个变化当中仍然有不变的东西。人的一生就是一个积累过程，对这些文化传统，你即使不说，它在你心里仍然存在着。我们继承了这些想法，是为了把今天的事情办好，并不是在形式上要恢复到过去。

有一段时期，一提倡传统文化，小学生开学的时候都穿上汉服，那个完全用不着。我们强调传统，我们强调遗产，我们强调历史，我们强调自信，最终我们的中心仍然是建设好中国特色社会主义现代化。面对博大精深的文化传统、文化遗产，一个创造性转化，一个创新性发展，才是我们学习研究讨论的中心课题。

知之不多，就说到这儿，谢谢大家。

（本文系 2023 年 2 月王蒙在榆林举行的首届非物质文化遗产保护年会论坛上的讲话）

文化强国与文艺复兴

大家好，我很高兴有一个机会和咱们在各个方面第一线工作的，接触大量实际的朋友们进行关于文化事业和文艺、特别是文学方面的想法交流。

我们在制定五年规划的时候，提出了一个长远的规划，就是2035年建成文化强国。我很有兴趣与大家讨论一个问题，就是什么是文化强国。

第一，文化强国，就是说全社会的文明程度有了显著提高。这里的文化是一个大概念，包括教育的普及、教育程度提高、全社会文化生活丰富多彩、学习型社会构建有相当的成绩。这个和中国的传统文化也有很密切的关系，因为中国的传统文化，尤其是儒家，它最崇拜的叫什么呢，叫圣王，或者叫内圣外王。内圣外王不是儒家的口号，是庄子提出来的，但这一点道家与儒家相通。内圣，就是你的心里头充满了圣贤式的仁义道德追求。外王呢，就是你得有权威、权力。你光有道德，没有权威，不行。所以这是一个很高的要求。权威，就是不仅是实力，而且是典范，不仅是硬实力，更是软实力。中央很早已经提出了要构建学习型社会，甚至于我们也讲过中国共产党是学习型政党，我在政协的时候，政协的领导经常提政协是学习型组织。这是中国文化的特色。

文化强国要求社会主义核心价值得到全面认同、理解，还得到实践，受到全国人民的珍惜。

文明应该普及到我们生活的各个方面：生产应该是文明的，这里边儿有很多科学技术的问题，这里就不细说了。生活应该是文明的，社交与公共关系应该是文明的，社区应该是文明的，消费和娱乐也需要有高度的文明。同样是消费和娱乐，等级和层次区别之大，令人惊异。酗酒也算娱乐，各式变相的赌博对于有些人来说也算是娱乐，还有很多恶劣的消费。对于某些人来说，毒品也是一种娱乐。但是也有非常高级的、具有足够的教育和文化内涵的娱乐。

其次，文化强国也应该包括能够做到对于传统文化的继承和弘扬，对于传统文化的创造性转化与创新性发展。因为在现代化和全球化的进程当中，西方马克思主义者特别提出了发展中国家的认同危机，他所说的认同危机就是找不到自己的身份了。一学现代的科学技术难免要向北美和西欧学习，学习的结果可能变成自己的生活方式丢了，自己的传统特色丢了。

当然我们中国不一样，我们是一个古老的、曾经非常先进的在世界上领先的伟大文明古国。我们所讲的中国式现代化就是为了解决这个问题。所以文化强国就是真正能做到把对传统文化的继承和弘扬，通过创造性转化与创新性发展，使我们的传统文化和马克思主义结合起来，和最现代、最先进的科学和文化结合起来，和最先进的生产力，和理论创新、制度创新、科技创新、文化创新结合起来，使我们地地道道的中国地地道道地现代化。

这就是说，第三，一个文化强国应该有足够的文化遗产、文化资源，有物质的与非物质的文化遗产的积累和生气勃勃，有我们现当代的文化积累、构建与创造。文化强国，年年都应该有优质的文化产品、包括文艺产品，当然也包括人文科学、社会科学新发展。从理论上说，也包括自然科学、理论科学、技术科学、工程科学这些方面迅速的发展和对世界的重大贡献。

文化与软实力

那么提到文艺作品的时候，我还特别强调要为后人留下足够的文化文艺经典、文艺纪念碑、文艺瑰宝。一个文化强国，它所拥有的文化遗产与文化的创造建设，能够成为国家的软实力，增强中国传统的社会主义现代化文化果实的吸引力、凝聚力、公信力，为人类命运共同体做出中华人民共和国的更加巨大宏伟的影响。

关于软实力，例如，第三世界国家一些年轻人对美国有所向往，有所幻想，并不是他们对美国有亲身的体验，相当程度上我觉得这种情势是靠好莱坞电影造成的。好莱坞电影在当年苏联存在时期，受到苏联人的各种批评和讥讽、嘲笑。而且这些批评、这些讥讽、这些嘲笑都是真的，并不是故意给它抹黑。所以在西方，也称美国电影这一类东西为"亚文化"。就是它不能代表一个民族、一个国家的文化最高等的产品。美国的一流作家是另一批人，惠特曼、马克·吐温、杰克·伦敦、辛克莱，还有海明威、布罗斯基、托妮·莫里森等。

但是即使对美国的亚文化的批评都是正确的，我们还是要研究美国的好莱坞电影在美化自己，在吸引大部分普通的老百姓，特别是青少年方面取得的成绩。经济上的实绩也了不得，它是一种软实力。

我们这儿呢，也有非常成功的东西，我们的软实力也非常重要。其实中国从古代就重视文化形象。我们这些年呢，也非常重视讲好中国故事，走出去。我们需要文化所给你的幸福感、文明感、美感，包括趣味。文化产品应该有吸引力、凝聚力、公信力、令人信服、令人喜悦而且能够被大多数人所接受。

中国的文艺复兴

我还要谈一下中国的文艺振兴和复兴。我们现在经常讲的是中华民族伟大复兴的中国梦，在这样的中国梦中，文艺复兴是题中必有之义。我们说中国完全可以在迅速的发展当中，在自己的现代化的过程当中出现文艺复兴的大好形势。

因为中国本身就是一个文明古国，是文化大国，是文学大国，中国太重视文学了。曹丕的名言是，"盖文章，经国之大业，不朽之盛事"。用现在的词语来说，他认为文章是"国之大者"。而且我们长期通过文章来选拔官员、选拔人才，来分配权力，这在全世界也是少有的，而且是受到全世界好评的。科举也有很多可笑的事情，有很多反面的后果，但是我们可以想一想，如果没有科举，用人就更加混乱，尤其是不同的阶层之间的流动可能性就更少。

我还愿意说一个我的个人看法。古代儒家道家的理论实际是主张文化立国。为什么呢？孔子他有一个很重要的说法叫"道之以政，齐之以刑，民免而无耻"，说是你用行政手段，现在叫行政，古代叫为政。齐就是规矩，用现在的话说就是规范。用行政手段引领人民，用法律惩罚手段规范人民。他说民免而无耻，就是老百姓会怎么样呢？很多坏事他不敢干，犯法的事他不敢干，免掉了一些坏人坏事。而无耻，耻的意思指的是尊严，就是他还不懂得珍惜自己的尊严，他可以不做坏事，但是仅仅靠行政与处罚手段，百姓可能少做坏事，但不懂得珍惜自己的尊严。反过来"道之以德"，用道德来引领群众，"齐之以礼"，用礼节礼法礼貌礼治来规范人民。这样的话才能够做到"有耻且格"，保护了每一个普通人的尊严，而且使人达到一定的规格、格调。接受了德和礼这些文化形态，人们能够进这个文化的谱系，在这个文化里占一席地位，这是一个非常深刻的思想。

这是一个什么逻辑呢？就是你是有道德的人，自然就不会干坏事了嘛。一个彬彬有礼的人，他不会干出圈的事儿啊。这就是用文化的尊严，从文化的方向来治理国家，这是孔子的理想，这实际上是文化立国的理想。

这样的理想并不易于操作，但理想虽然不能当饭吃，即使不可能全做到的理想，也是文化的最具吸引力提升力的一个要素，而没有理想的文化，只能是卑俗的文化。

《荀子》里头讲的也非常多。他说，一个诸侯国家，不需要特别大。有几百个战车，有上咱们一个普通省这么大的地盘，然后你在这儿"爱民",还要"惜时",就是珍惜农时,还要"敬老",这些都做到了,你的吸引力就可以使你"王天下",就是你可以领导天下。当然,当时说的天下不是现在说的世界,也不是国际主义,因为当时认为天下就是整个的中国,中国的东边与东南边是海,西边、北边、西南边,有一些夷狄少数民族。

中国强调自己是礼义之邦。不是礼仪之邦,从来没有讲礼仪之邦的,礼义必须放在一块儿说。义是指的内容和原则,礼指的是行为和规范。就是你既要有行为规范,又要有原则和内涵。这里的义也不仅仅是讲义气,仁义的义。而且含义也要用这个义,我们学语言的话,词义也是用的这个义。

认识经典,呼唤经典

于是我们就有了自己的每一个时代的代表性的、顶尖的、巅峰的文学作品。我们平常说楚辞、汉赋、唐诗、宋词、元曲、明清小说。我们不妨试着来讨论,就是民国时期也有它的文学的顶尖阵容,就是我们所说的"鲁郭茅巴老曹":鲁迅、郭沫若、茅盾、巴金、老舍、曹禺。在革命根据地也还有赵树理,他也是一个特殊的重大的人物。

在这个明清小说里头特别精彩的是四大奇书——《三国演义》

《水浒传》《西游记》《红楼梦》。

我顺便说一下。广西师范大学出版社有一年曾经在网上做过一个统计。比如说你最读不下去的书是什么？回答是《红楼梦》的票最多。当然，回答这个统计的网民的文化素质不能代表我国也不能代表广西，更不能代表广西师大，但是无论如何我有看不下去的感觉。我曾经建议把以多数票吐槽《红楼梦》的这一天，定名为中国网耻，就是中国网最丢人、最耻辱的一天。

2010年我在《人民日报》上发表过一篇文章叫《呼唤经典》。就是说我们需要有今天的经典，我们即使没有今天的《红楼梦》，但是我们起码要有能够和楚辞汉赋、唐诗宋词元曲、明清小说相媲美的，力透纸背的作品，这样经得起时间考验的作品，能够代表我们中国的伟大发展的作品。

我们成绩非常大，扫盲，文化的普及，网络的普及，这些都是毫无问题的，文化生活进入农村进入民间，就从最早在农村有这个放映队放电影，这都是了不起的成绩。但是我们还得有尖子，我们还得有顶峰。习近平总书记在2014年10月15日召开的文艺工作座谈会上也提出了一个高原和高峰的问题，就是我们不但要有高原，还要有高峰。高原是什么意思呢？因为我们整个的中国在1949年以后，我们这个文化的发展，电影事业的发展，学校教育的发展，义务教育的发展，高等教育的发展，那成绩都很大，但是还要有高峰。这里的关键就是两个重要的指标，一个是作品，一个是阵容。作品呢，就是我们能拿出一批像样的作品来，而且这批作品具有相当的恒定性，不是说是一阵风把它吹上来的，也不是某个特定的时间赶上要庆祝哪个日子了这个作品正好符合需要。而是能够恒定地长久地成为我们这个时代的纪念碑，成为我们的精神力量的体现。

新时代的精神力量

文艺作品之所以重要就是它体现着我们时代的精神力量，体现着我们的认知，体现着我们的学识，体现着我们的感情，体现着我们的团结和凝聚，也体现着我们好学、深思、创造、想象，不断进步，还有智慧、忠诚、坚持。我们想一想人的这个精神吧，我们需要的是高级的精神产品。包括我们常常讲的理想、信仰、初心、使命感、责任感、担当，这都是精神力量。但是文学作品中有着太多的可能性来描绘表现我们的精神力量。

要有强大的文化阵容

再一个就是阵容。阵容是什么意思？就是我们有非常优秀的科学家、理论家、作家、艺术家巨匠。苏联虽然作为国家它失败了，但是苏联也还拿得出手啊。萧洛霍夫，他拿得出手啊。法捷耶夫，也很优秀。就是那个被萧洛霍夫嘲笑的西蒙诺夫，写作水平也是非常高的。舞蹈家里头有这个乌兰诺娃，音乐家里头有这个萧斯塔科维奇，这就叫阵容。

说这话是什么意思呢？对于一些尖子人才我们对他们要有非常高的要求，他们对自己也应该有非常高的要求。对自己的要求就是要对得起历史，对得起祖先，对得起革命的前辈，对得起人类命运共同体。

文学是语言与思维的艺术

文学是语言的艺术，是思维的艺术。因为教育学家、心理学家都论证语言是思维的符号，思维不可能离开语言。当然也有裸思维，所谓并没有构成语言的这种思维，但是严重的、全面的、深刻的内容丰富的思维离不开语言和类似语言的符号，比如说数学符号理化符号，图形也是一种类似语言的符号。论直观性，文学受众远远不如表演艺术，但是，文学训练你发达你的思维，而且我说文学是硬通货。什么意思呢？一个剧，一张画，一部乐曲，一组舞蹈，总得有一个简单的对它们的一个思考，至少你得印说明书，离不开语言的艺术。咱们这个电影，也需要大大提高。包括西方国家、包括印度的电影，就演员个人的这个体能技能那些训练，咱们都应该精益求精，叫做要有更高的要求。

文学需要高尚、深刻、宏伟的思想哲学，扎根人民，扎根现实生活，有生活积累和底气。还要有勇于突破的艺术感觉与想象力、创造力，需要有对于天地人生、历史地理、人情世故、沧桑的认知，需要有对于世界的悲悯，对于祖国和人民的挚爱，对于历史文化与道德文章的深刻敬意。不能把文艺的事看低了，不要往低了看。

文化表现在生活当中。我们现在说传统文化主要载体就是生活，就是人民，文物是重要的载体，文献是重要的载体，非物质文化遗产是重要的载体。但是我认为更重要的载体在于人民，因为人民的生活习惯、风俗、价值选择、价值倾向，对大自然的认识，对家国的认识，对爱情婚姻、子女传承的认识，所有这些都离不开几千年的文化传统。为什么我们必须认真地对待文化遗产，对待我们的传统呢？因为我深深地体会到如果我们拒绝现代化，用毛主席的话来说，我们发展不起来，我们就会要被开除球籍。

而如果我们拒绝文化传统，拒绝文化遗产，我们就是自绝于人民，就会陷入耻辱与痛苦的认同危机、身份危机。

所以我就觉得对于文艺来说，对生活的了解，对人民的热爱，对人民的风习的熟悉，能够给我们带来很大的成功。因为不管是什么政策，什么社会组织形式，也不管是有什么变化，或是没有大的变化，我们都要歌颂人民，我们都要歌颂祖国。我们都要歌颂新的社会、新的风气、新的生活。

所以我们如果能够培养自己真正对生活对人民，对我们的土地我们的文化传统的热爱，我们要继续培养我们的熟知、培养我们的兴趣，从这里边完善大众的精神面貌与精神品质。我是希望我们的作品提高、再提高。

当然通俗的大众的是吧，快手抖音，这我也看，我并不是不看。你一段小段子也可以，而且有些人的表演呢，我也还都挺感兴趣，那是一方面。作为普通的娱乐性换换精神，这些东西也需要大量地存在。但同时我们总要在我们的这块土地上出点儿巅峰之作。我希望我们的文艺作品里头能够更多地抒发革命的豪情、建设的实干、开阔的眼界、精细的细节、大胆的想象、广博的知识。

发展文化的想象力创造力

我个人对一个事儿也很感兴趣，也在这个方面跟大家交流一下。就是咱们那个科幻作家刘慈欣，他是山西阳泉的。他的著作《三体》改编为电视剧，吸引人的程度超出我们的想象。最初，我对这个科幻作品并不怎么感兴趣。因为美国的科幻作品最多，美国有的科幻作品写到外星人常常是面孔身体的稀奇古怪。刘慈欣比他们深刻得多。另外我听说刘慈欣的电影《流浪地球2》现在在欧洲上演。我们的一部电影能够在国外掀起热潮来，这个暂时还没有其他例子。它说明通过对于想象力和深刻性的追求，在我们的作品的对外影响方面，在我们软实力的构成方面，也完全可以取得一定的成果。

加强党对文艺事业的领导

最后我再说一下。总结历史经验，坚持加强党的领导，树立文艺事业的高标准，对文艺的优秀成果做出支持与服务。中国的文艺事业、中国的文艺家在人民革命当中有一个重大的特点就是同情革命支持共产党。这个和其他许多国家是不一样的，和苏联不一样。苏联十月革命时期，连最革命最进步的高尔基都吓跑了，有很多人，著名男低音歌唱家夏里亚宾，著名作家普宁，演员画家跑了一大堆，后来这个高尔基才回来的。可是中国不一样啊，1949 年新中国成立的时候是全世界各个地方，那些著名作家、大作家、大艺术家都往北京来呀。曹禺、老舍是从美国回来，茅盾他们一批人好像是从香港回来，画家徐悲鸿是从欧洲回来，作家萧乾是从英国回来，谢冰心是1950年从日本回来，四面八方回到北京。

我学习毛主席著作有一个我印象特别深，就是毛主席在《新民主主义论》里提到这么一句，大革命失败以后蒋介石发起了两个"围剿"，一个是军事"围剿"，军事"围剿"的结果是红军的长征，然后建立了陕北的根据地。一个是文化"围剿"，他说文化"围剿"最有意思，因为在文化的阵地上没有我们的人，但是文化"围剿"的结果是一二·九运动的爆发，是对国民党的抗议，是对共产党的统一战线抗日号召的响应。也就是说在那个时期已经显现了中国的文艺界是不喜欢国民党的，不喜欢蒋介石的，而是尊重和同情共产党的，当然鲁迅的这个答徐懋庸的信里边也写了他对脚踏实地的革命者的同情和赞美。所以当年胡乔木同志跟我说过，如果就社会主义革命的文化条件来说，中国比苏联更成熟。

党有长期的和文艺工作者同甘苦、共命运、互相沟通、有所了解、有所引领支持的这一面，应该说是非常成功的。中国共产党的性质跟一般的议会政党也完全不一样。它是要翻天覆地地改变这个社会，改变所有制的这样一个党，他从来都非常重视通过文化、通过文艺来促进中国的社会主义事业。

延安的革命艺术家王昆同志大家都知道。王昆跟我说过咱们老区的一批歌唱家在一块儿聚会，大概喝高了点儿了，忽然有一位一拍桌子，说咱们革命是怎么胜利的，我认为首先是我们唱胜了的，这个军事上国民党武装到牙齿的 800 万军队啊，那比共产党的军队力量大多了，可是唱歌一上来国民党就不行，他无歌可唱。1993 年，我第一次去台湾，11 月参加台湾的一个文学的讨论会，台湾联合报副刊的主编亚弦对我说，台湾就有这个问题：无歌可唱，说到了春游季节放两天假，中小学都是到郊区，到什么阳明山去玩儿。到那儿只要一想唱歌，这个歌还没唱出来，就有人说别唱别唱，这是共产党的歌。有一个歌叫"门前一道清流，夹岸两行垂柳，风景年年依旧，只有那流水总是一去不回头，流水啊！请你莫把光阴带走"。这个歌也不能唱，因为作曲者是贺绿汀，贺绿汀是中国共产党党员，那时候任上海音乐学院院长。

中国还有个特点，军事的胜负常常和歌联系在一起，失败叫作四面楚歌。我们中国有自己的历史，有自己的传统。我们在 1949 年以后的文艺工作上，也有许许多多的丰富的经验教训。我希望我们对这些经验教训都能够有认真的总结。中国文艺是在党的领导指引下，很早就革命化。新中国成立以后我们也有丰富经验，风风雨雨中有着光辉的成就。我们在座的各位从事文艺工作、领导工作、宣传报道、传播工作的同志都对文艺工作有很大的作用。我们要敢于负责，敢于担当，要慧眼识真伪，慧眼识高低，要敢于、勇于、善于支持文艺工作的好苗子、好种子、好胚胎、好希望。我们的文艺工作的兴旺、我们的文艺产品和文艺阵容的光耀指日可待。

（本文系 2023 年 3 月 25 日王蒙在北京会议中心为中宣部
"推进文艺工作高质量发展"研修班作的讲座）

春天里的一堂课

——在鲁迅文学院的演讲

大家好，非常感谢中国作协的党组书记处给我一个机会和比我年轻的写作人交流。

先从这个时间说起，文学和时间。因为我往这儿一坐吧，我至少认识到，第一，我已经是八十八岁半了。第二，我写作已经七十年了。第三，我的《青春万岁》从写作到后来出版，我喜欢说的一个词儿就是四分之一个世纪，二十五年。我的写新疆的小说，《这边风景》从写作到出版三十九年，要从开始酝酿起那就四十多年了。去年在咱们人民文学杂志上发表的《从前的初恋》，那是1956年的稿子，跟着我去了新疆乌鲁木齐等地，稿子现在居然还很完整，现在还在保险箱里头放着呢。

作家出版社出我这本书的时候，我说你里头可以放一点六十六年前的稿件的图片。责任编辑告诉我说，那稿子的字不好看。反正少壮不努力，老大徒伤悲，从小没好好练写字儿。初恋稿从 1956 年一直难看到了 2022 年了，而且这个小说里的部分内容是我抄录自 1951 年、1952 年我的真实的日记，离现在已经 72 年。起码我保证一条，里边对天气的说法没有杜撰。比如说 1951 年、1952 年几月几日小雪，你们查去吧，如果那天没下雪，可以罚款。一个人活着看到自己的作品历经天翻地覆的七十余年后发表，很少见。死了有可能：因故他的某个作品没发表出来，过了四百年后发出来了，很伟大。可是我的活看七十年后少作，这个体验更快乐与实在。

不光这些，我还有两篇少作后发，在座的人未必看过，一个是《纸海钩沉——尹薇薇》，是 1989 年底在十月杂志上发的。原本是我 1957 年写的，给了北京日报，北京日报的总编辑叫周游，很快就打出来排出来了。排出来了我又改了改，后来因故也没有发表。1957 年的稿子，到 1989 年底，相隔三十多年。这个我是有原稿的，另有一个没有原稿凭记忆又加上很多现在的词语，我写的新老短篇名为《初春回旋曲》，我自个儿都忘了。后来想起来了，我一查呀网上有，然后我一点，网上说你要想看完，得给我们打两块九毛钱。我觉得那个作品不值两块九，所以到现在为止没看全。

我要说个什么意思呢？第一，写作人呢有时候挺在乎：我这个作品到底能够活多长寿命？因为你这个文学它跟别的不一样，跟科学技术不一样，技术一出来新的，就把旧的代替了。例如老子《道德经》里头说过这个大道，就像"橐龠"，读 tuó yuè，就是那个羊皮口袋，打铁的时候当风箱用助燃，"橐龠"的特点是取之于无，用之于无，取之不尽用之不竭，所说的就是大道的象征。但这种打铁的风箱羊皮口袋，内地早就没有了，我在新疆时新疆有，我开了眼界，但是现在我们不会用这个了，用电力送气，方便得多。

可是文学不一样，文学在咱们国家比较老的，比如《诗经》，有的说它早有三千年了，也许比三千年还多，因为孔子编辑它的时候是两千五百多年以前。可是这些诗是民歌，已经流传了多少年，你不知道。你是多么了不起的诗人，也顶替不了、淘汰不了《诗经》。所以我们平常所说的经典的一大特点就是它经得住时间的考验。这委实提气。

像《青春万岁》吧，我说经过了24年、25年，在1979年正式出版。到现在呢，又过了40多年了，就是远远比我等他出版的时间加倍了。而且现在还是，年年加印，44年不衰。

一部少作为什么能经得住时间的考验呢，就是因为我们这一代人经历了从旧中国到新中国的伟大转变。我们见证了转变，我们还或深或浅、或长或短参与了建设新中国的奋斗，参与了革命斗争，欢呼人民革命的凯歌行进。所以此书有一种激情，有一种光明。

还有，全世界写中学生的文学作品，都是儿童文学，但是《青春万岁》不是。为什么呢？因为在特殊的动荡情况下，革命的参加者也低龄化了。刘胡兰那么伟大，十六岁。所以这是一个对生活的体贴、这是伟大的斗争，这里有写作人的那种真诚、那种火烧火燎。

还有一个有趣的问题，因为连我自己都一直犹犹豫豫。就是《这边风景》。这边风景是1973年开始写的。到了1978年"文革"结束了。虽然大的政策还没有调整，"精神"已经有点不一样了。中国青年出版社把我找到了北戴河，在那儿改稿子，我把这个改定了，改定了不能出，好像是"太"革命了。所以我老对不起中国青年出版社。《青春万岁》吧，团中央的领导审查呀，最后就是在那个有点变化的1962年，我称之为"踌躇的季节"，形势有点变化的时候，领导说文稿里头没有写和工农兵相结合，说要不先别出了，出来以后又找麻烦。可是到了《这边风景》的时候呢，它是"文革"当中写出来的。所以它会受"文革"的某些观念、某些提法的影响。到了1978年似乎也不便出版。

《这边风景》最后还是做成了，反应好，这个翻译版本也非常多，又获得了茅盾文学奖。现在已经翻译到国外去的有韩语、俄语、波兰语、哈萨克语、吉尔吉斯语，日语、土耳其语现在正在翻译的过程中，阿拉伯语也已经出来了。那么这里边明明很多观念跟现在不一样了，比如说里边描写人民公社，里边歌颂人民公社的这些积极分子，嘲笑在人民公社不好好干活的那些人的洋相……为什么还能被接受呢？

我体会到了，不管这个观念是什么、概念是什么、政策是什么，但是一部长篇小说里最重要的干货是对生活的反映。在什么观念下都一样有生活，都有老、少、男、女，都有各民族的同胞，都有吃喝拉撒睡，都有衣食住行，都有美丑之分、善恶之分，都有对人生的期待、对人生的追求、对人生对人民对乡土对国家的热爱。不管那几年，从政策上说，比如是否有什么问题或者有什么教训，那是另外的问题。可是生活不是观念的图解，生活不是观念的派生品，生活就是生活，生活是人，是一个个活生生的人。而且，即使在观念有某些问题的时候，生活不会完全百分之百地体现尚未核实的观念，生活有时候修理观念，生活有时候可以瘫痪错误的观念、荒谬的观念。有问题的观念，对不起，到了生活那儿，它不但不可能百分之百地实现，它连百分之四十的实现都很困难，当然也会出现令人痛心的问题。所以你要真正忠于生活的话，你仍然能文学起来。生活里充满了"摸着石头过河"的辛苦与功业，这很自然，也很开阔。

所以《这边风景》，就在它被央视定为头一年的十本好书的节目中，一个评论家说，此书是新疆的尤其是伊犁一带的"清明上河图"。因为那个里边翔实地写下了各民族的尤其是维吾尔族的生活细节。做针线，不是左撇子的话，汉族人的走针是往右前方拉，维吾尔人他是往左后方走。汉族木匠推这刨子是往前推，南疆的我可是不知道，北疆的和俄罗斯族的，是往回拉。宗教生活我也描写了，男孩割包皮我写到过，我也写到过：出门以前做一个祈祷。所以如果你有扎扎实实的生活，而且你对某种有特色的生活有兴趣，那么它能使你的作品产生一点儿免疫力与定力。比如说是"文革"时期写的，你里边必然会有一些那个时候常说的一些口号，那些口号如果是和好人结合起来的话，没有什么不可以拿到桌面上来的。说这个人民公社怎么老是有人不好好干活儿并为之感到遗憾，这难道不是真实与善良的反应吗？

所以我觉得时间是对生活底子的考验，还是你对生活的审美和消化能力的考验，你光是说吃喝拉撒睡细节也不行。我们有对生活的丰富的经验，我们有对生活的浓厚的兴趣，我们有对生活的美好的期待，你得喜欢这个生活。最近的一篇对谈里头，我曾经说过，我到了新疆，我到了伊犁农村，我看到了完全不同的生活样式，我非常地有兴趣。我爱生活胜过了爱我自己。人不应该娇气，老找最舒服的地方待，是不是？生活本身有它的力量、它的格局、它的美好、它的花样翻新，你难道能不爱它吗？而且生活里有那么多可爱的人，那么多美好的人，还加上前边说的激情和审美，以及变生活为美的因素的力量。

第二个，我再说说空间。我写作呀，我写了新疆，我也写了北京，也有很多地方我故意没有写是什么地方，或者是既不是北京，也不是新疆。比如说这个《春之声》里边儿，写的坐闷罐子车的经验，那是我从西安到三原的亲历。有很多伟大的作家呀都有自己的根据地，但是也有一些作家，你说不清他的根据地。托尔斯泰你说不清他的根据地，他写彼得堡，尤其是写那些大的派对聚会，写了那些说法语的俄罗斯贵族。但是他也写了农村，写了这个火车还没有通的地方，甚至于他也写了车臣。他是同情车臣的某些反沙皇的人物的，我们翻译叫哈泽穆拉特。哈泽，现在都用"哈吉"二字，是说去朝觐过的人物。

陀思妥耶夫斯基，我也弄不清他是什么地方的人。莎士比亚，没有人说清楚他是哪儿的人，他写的甚至不只是一个国，不只是一个民族，所以这个不是固定的。写作没有固定的标准，比如说写得多，也可能好，也可能不好。曹雪芹写得就不多，至少咱们知道的不多。毛主席当年在他的《论十大关系》讲话中，是这么讲的，中国对世界应该有更大的贡献。这个中国地大物博，人口众多，还有"半部"《红楼梦》，请看，《红楼梦》是进入中国的立国之本了。曹雪芹，没人敢跟他比。我认为全中国、全世界，就一个曹雪芹，永远也看不完他，永远感动不完、分析不尽。

我写新疆也写内地，写农民也写城市人士，这些年我很喜欢在我的新作里，加上一些国外的、国际的因素，睁大眼睛，面向世界。《笑的风》里头，我写到西柏林，那是真的，我在西柏林就认识这么一个哥们儿，北京人。他妈妈是东德的，他爸爸是中国共产党员。中德共产党人结为家庭的不少。因为萧三也是，他的夫人是德国籍。王炳南的夫人也是德国籍。《笑的风》中那位中德混血儿朋友赶上那个改革开放的妙哉时期，就是他跟着妈妈到了东柏林，他在西柏林找了个工作，但他仍然是中国的护照。第一，这个东德非常欢迎你来，而且可以免签。第二，西柏林也欢迎，因为当时的苏联是不承认西柏林是西德的一部分，只承认西柏林是占领区，是你英美法的占领区。所以如果有中国人可以动不动就到西柏林转一圈，这个事太好了。这位朋友在西柏林当着记者，因为他又会英语、又会德语、又会中文。他挣钱挣的是西德马克，花的时候呢兑换成了东德马克，在东德花。还有，不好意思，但是我在这儿说问题也不大。他在这个西柏林呢有一个美国籍的女友，他回到东柏林呢，还有一个中国妻子。所以他混到他这个程度，也绝了。这些在《笑的风》上都写到了。

我还要告诉大家，我有幸得到各种各样的机遇和方便。我访问过境外的七十多个国家和地区，有些事你出去看看，可是真长见识。

我再简单地说一点，就是我想说这个文学的想象力。我们提倡现实主义，这是绝对正确的。因为说下大天来，你的想象也是从生活当中来的，孙悟空是想象，但是他看着天上有云彩，他在想他一个跟头跟云彩一样地跑到十万八千里以外，这仍然有实际生活中的根据。我为什么要提这个呢？我愿意向各位、向作协同志报告，最近我相当入迷，我看这《三体》。为什么我看不明白？我原来自以为是很热爱科学的，是受了五四运动的影响的。但是看《三体》够我费劲的。这给了我一个很大的启发。就是你要敢想象，想象也有现实的根据。现在还出了一本书，就是《三体中的科学问题》，专门用科学知识、从物理学上来解释《三体》小说。还有刘慈欣的《流浪地球》，在国外也取得很大的成功。他能够想象到别人所无法想象的地步，但是他又不是胡扯，他又有一定的逻辑、一定的思路。我觉得太厉害了。

从文学观念上说，西方人更重视的是小说的虚构性。英语里头，没有一个真正代表小说的词儿，short story，这是短篇小说，novel 是长篇小说。整个的小说叫什么呢，像这个小说二字的叫

fiction。fiction 是什么意思？虚构之意，所以说谎话也叫 fiction。中国也对，说那种靠不住的话叫"小说家言"，办真事儿，不能按小说家言办。

中国的小说一词起始于庄子，庄子说："饰小说以干县令，其于大达亦远矣"。就说你修理、修饰，制造一批小说、制造一批段子，不是大说不是大言，尤其不是给朝廷报的那个策论。你"干县令"呢，就是你意欲用你的小说来表达你对那个最大的命题、最大的事业的意见，表达对国之大者的关心，这是不得体的，是很难做到的。

庄子告诉你说，小说是引车卖浆之流的下等人喝着茶闲扯的那些事儿。但是这个也不是一个坏话。因为小说确实有一个特点，从小见大。但是虚构的能力，我始终觉得我们还可以发展发展。

最后我再说一个，就是语言是符号，是思维的符号，又是一个自己的世界。文艺里头，按受众的数量来说，远不如歌曲戏剧电视节目，所以挣钱文学也不灵。但是呢，文学又非常重要。您看看习近平总书记在文艺工作座谈会上的讲话，举的例子基本上是文学。原因就是文学是语言的艺术，而语言是思维的工具。所以我认为一个热爱文学的人应该有相对比较强大和深邃的思维能力。当然，叫座的表演也很好，那个谁也不能轻视他。尤其是每年的春晚，已经成为中国的春节生活的一个重要部分，可是你要想发展思维能力，不能离开文学，不能不看文学的书。

同时，语言本身它能够成为一个世界。尤其是中文和汉字，因为它是综合性的文字，表音、表义、表达一种逻辑，而且它有非常美好的形状，就是有无穷妙处的形、义、音、理的结合与结构。这个结构是文字和语言的结构，不仅仅是逻辑的结构。比如说骈体文的对仗，它不仅是语义上的相对应，而且是平仄、词性、语法上的对应。比如说"又是一年芳草绿，依然十里桃花红"。"又是"和"依然"意思差不多。如果只作为符号看，它们互相重复，不可取。但作为对联，它极佳。尤其是在中国的诗词里，文字有跳跃性，有蒙太奇，有互相不相关的东西，都摆在那儿，非常吸引人，如说"沧海月明珠有泪，蓝田日暖玉生烟"。"沧海月明珠有泪"，写到了极致，已经是永远无法超越的了。"蓝田日暖玉生烟"，"玉生烟"，好的没法再好了，写出了玉的湿度，玉的生命。但是珠与玉，有文字上的匹配，却无逻辑与事实上的联通。蓝田也有麻烦，因为蓝田是陕西的一个地名。他跟那个沧海，实际对应连贯不上。但是你把它作为汉字来对，却是绝无差错、美好圆满。

我不知道在座的有多少是以写小说为主的，多少是以写诗歌为主的，但是写诗的、写小说的，我希望都互相尝试尝试对方对这个语言的构思与结构。语言艺术有很强的音乐性，文字、文句、段落、章节的铺排，有造型性，例如从一行一个字到一行十几个字的金字塔形诗。文字的连结与转化，有姿态性舞蹈性，还有正话反说、正说、颠倒次序、俗韵雅韵、拗口绕口、荤谜儿素猜、素谜儿荤猜……有杂技性、趣味性、故事性、调笑性。

我顺便再说一句神哨的话就结束了。很多著名的就是比我年轻一点的一批同行朋友，他们都特别佩服《百年孤独》开头："多年以后，面对行刑队，奥里雷亚诺·布恩迪亚上校将会回想起父亲带他去见识冰块的那个遥远的下午……"既是现在时，又是未来时。同行们五体投地，全在加西亚·马尔克斯的作品面前趴下了。

其实这有什么新鲜的？李商隐1600多年以前，远远在加西亚·马尔克斯之前，写了"君问归期未有期，巴山夜雨涨秋池。何当共剪西窗烛，却话巴山夜雨时"。你问我的归期，这是现在问。未有期，在可预见的未来，回不去。巴山夜雨涨秋池，这是现在进行时。何当共剪西窗烛，是未来时：什么时候我能与你回忆我的现在呢？共话巴山夜雨时，是讲未来时期的过去时即我的如今的现在时。我丝毫不敢对加西亚·马尔克斯有所不敬。为什么呢？因为加西亚·马尔克斯是左翼，他是那个巴勒斯坦解放组织阿拉法特的朋友。所以那个秘鲁的诺奖得主略萨就攻击他，说他是阿拉法特的太监，他不予置理。1986 年 2 月初，我在纽约出席国际笔会的第四十八届大会，与陆文夫作为贵宾与会。在那个会上，美国人刚一发言，美国那些作家，脱下鞋来砸桌子。为什么？美国不准加西亚·马尔克斯入境。

但是这个写作上的这些小技法呀，中国有的是。越是做作的怪招，越没有太大的价值，而且怪招只能用一次，玩第二次就只能丢人。尤其是你要看诗词的话，哎呦，无意中的创新，把你活活服死。所以我还希望跟大家说，活一天学习一天，学习中国的传统，学习世界上的各种新书、可爱的书，学习生活中随时出现的新的想象、新的可能，学习学习再学习！谢谢大家！

（本文系 2023 年 3 月 21 日王蒙在鲁迅文学院作的讲座）

中华文化的品性、追求与精神

文化、人化、石头的积累

中华文化呢，大家一说就是博大精深，让你谈起文化来，有老虎吃天，无从下口的感觉。

但是，我仍然想尝试着把我们的文化，尤其是把我们传统文化的基本思路、基本选择、基本精神说一说。

那么我先说一点儿个人的体会。现在世界上对文化的定义有200多种，我不但不能够全部掌握，有些我也看不太懂。我愿意引用两点，一个是马克思喜欢讲的，而且他不是直接讲文化，他讲劳动，他说劳动就是要尽量实现自然的人类本质化。这比较绕，简单地说，文化就是人化。自然界出现了人类，然后有了人类的一切物质的和精神的生活，生产、劳动、斗争、经验、积累、传承，这就是文化。

我愿意用一个比喻，来说说文化的含义。就是邓小平喜欢讲的一个话："摸着石头过河。"这个话很通俗，很概括，也很深刻。实际上，人类历史就是摸着石头过河的历史，多数情况下，文化史并不是按照既定规划与日程步骤完成的。中华历史就是中国人摸着石头过河的历史，中国革命史就是中国共产党，当然你要往更早的说那还有这个结束清朝统治、建立民国的一些先进人物摸着石头过河的记录。那么摸着的这个石头是什么呢？就是文化，就是我们的依仗，就是我们的参照，就是我们的资源，就是我们的积累。创业维艰，前人种树，后人歇凉，后人的生活大大地藉助于前人积累的石头——经验与学问的成果、智慧与操作技艺的积累的帮助。

文化的载体

那么文化的载体是什么？我们要谈文化，那么第一我们就会谈到各种各样的文物，各种各样的遗址，各种各样的废墟，这叫做物质即有形文化遗产。我们还有大量的无形文化遗产，我们现在把它叫做非物质文化遗产。然后是我们的大量的典籍，符号性记录性的遗产。这典籍里头呢，首先是语言文字造成的典籍，但是也包括其他的图形，比如说咱们的八卦呀，各种各样的图表、地图、数字、数学符号啊，这都是典籍。

但是，我越来越体会到，还有更重要的文化载体。是什么呢？是我们的生活，是我们的人民，是活人身上的文化的遗存，是活人的灵魂中，活人的生活习惯当中，活人的集体无意识当中仍然保留着活力、适应性与演进调整的活力的文化遗存。

文化传统，是我们的政治生活、经济生活、社会生活、个人生活、娱乐生活、消费生活。一直到咱们中国的说法，生老病死、衣食住行、吃喝拉撒睡、酸甜苦咸辣、智愚正误顺逆……各种各样的各方面的根与魂。根与魂当然是仍然活着的长进着的文化，而不是文化的木乃伊与化石。二十一世纪、社会主义中国的现代文化，承载着焕发着与发展着革新着古代已经有而至今仍然活着的传统文化。

讲传统、遗产，为了用到今天的中国式现代化

我们今天谈的文化自信，不是为了谈遗产，更不是为了回到古代，回到汉唐，或是一直回到孔子的时代，而是为了把这个活的遗产用到今天，是为了今天来寻找、来开拓我们的精神资源。习近平总书记多次说过，要实现中华文化、中华传统的创造性转

化和创新性发展。怎么个转化法？怎么个发展法？我个人的学习体会是，要使传统转化成能够帮助我们实现中国式现代化、帮助我们实现中国特色社会主义现代化的现代先进文化。

中国文化与世界文化

所以有人把这个传统只看成中国古代文化，是不对的。现在网上还有这样的文章，说中国整天看古代是没有出路的。你要做到少知道点儿中国的事儿，多知道点儿世界的事儿。这个说法呢，就比较可笑。知道中国的事儿和知道世界的事儿，难道能够对立起来吗？知道中国的事儿是更好地了解世界的前提，同时，不知道世界的事儿，你能正确地认识中国吗？

如果只知道世界的事儿，反倒对中国自己的脉搏你抓不住，这样的人物也有。你可能做到像胡适一样充分地学习美国，你也可以做到像王明一样，您干脆就俄罗斯化了，苏维埃化了。可是我们追求的是，把对传统文化的理解、消化、自信和我们面向世界、面向未来、面向现代化结合起来。

我们争取做到的是，了解传统，了解昨天，为了把握新的时代、把握变局、把握今天的使命与机遇，为了营造更加美好的中国式现代化的明天。了解世界，汲取人类最先进的文化科学、精神能力，圆民族振兴的中国梦，对人类命运共同体做出更好更大的贡献。

那么现在我就说一点对传统文化的最简单的理解。我认为中华文化有三方面的性质值得注意。

传统文化的此岸性

第一是它的此岸性，简单说一句话，就是我们关注的是大家都活着的这一辈子，在地球上的这个生活，佛教的说法是活在当下。当然，地球也不是孤立的。你还可以看到、想到、关心遍及银河系，遍及另外的银河系，或者是另外的宇宙空间。这个中国很有意思，真正的中国的明白人、有学问的人、圣人，他既不和宗教进行辩论，也不认同民粹的那种多神论。民粹的多神论呢，很有意思，玉皇大帝，那跟皇上一样嘛，里边也分多少个级别。然后说你有灶王爷，管执炊；有管婚配的，有管生孩子的，送子娘娘。孔子的说法是，"未知生，安知死"。死后的事儿，我说不清楚。也找不着证明也找不着经验。但是呢，我关注的是此生。庄子的说法相当了不起，"六合之外，存而不论"。六合就是三维空间，上下东西南北。那么在这个上下东西南北之外还会怎么样？存而不论，我也不否定你去设想它的存在或不存在，但是不把注意力与争论聚焦在上面。当然，六合之外完全可以是这个科幻小说、科幻电影，可以是刘慈欣先生很好的题材，我个人也很喜欢，看《三体》小说与电视剧等等。

传统文化是积极的文化

其次是中华传统文化的积极性。你弄得清楚人生的一切的一切，那很好。你弄不清楚人生的终极、人生的来源、你的前世，是零或者是 N，也可以。你弄不清楚你死后的命运，可以存而不论。但是，既然你活了，你必须、你只能给我好好地活着，好好地干。

这个是很实在的一件事，这个思想非常伟大，非常有用。为什么要好好活着好好干呢？因为天、地就是我们的榜样。一切的美德，自强不息，老天已经表现出来了。厚德载物，大地已经表现出来了。孝悌忠信，人的美德，也是"天"生的。儒家还加上一句，"知其不可而为之"。什么意思？就是我们以此岸、以人间的事为我们现实关照的目标，这才叫实事求是。但是我们对于人间的事是可以有理想的。能够做得到的理想，要有；不完全做得到的理想，仍然可以有，也必须有。取法乎上，仅得其中。你要有自己能够做得到的理想，比如，发工资的理想，糊口温饱的理想，是人生最低水准的理想。如果你还有更高的理想呢？短期做不到的理想也要有。一千年内做不到，八千年呢？理想鼓舞我们向前。做不到的理想，知其不可而为之，也是光芒万丈的文化之光。

经世到我用

第三呢，经世致用性。简单地说，就是古人的"实践论"。毛泽东写的第一部最重要的哲学著作是《实践论》，其次是《矛盾论》，并不是偶然的。很多人不了解中国文化的这个特色。比如说伟大的黑格尔，黑格尔说看了孔子的书非常失望，还不如不看，不看的话，我很尊敬他是一个东方的圣哲，但一看吧，我觉得他讲得太一般，都是一些常识性的东西，证明了孔子缺少抽象思维的能力。他说的对吗？不对。

表面上看起来，孔子的学问比黑格尔少多了，浅多了。问题在于孔子不是专家，不是学者。《论语》里头专门有一段孔子说，我种地不如老农，种菜不如老圃，如果非要逼着我说一样我的特长吧，那就是这个赶车还行。所以你要问我的特长，我就是赶车。开玩笑地说，你要让孔子填干部登记表，特长一项呢，他就填赶车，他只能填赶车。

孔子要做的不是专家，不是学者，虽然他的教育事业成就很大。他要做的是圣人。什么叫圣人？能够挽狂澜于既倒，改变社会的风气；能够号召天下君臣百姓，克己复礼、天下归仁；能够为王者师，可以做到当诸侯王和帝王的老师，改变他们的那种争权夺利、战争连绵、不顾百姓死活的做法。

圣人是什么？是全民的榜样。《论语》里头把孔子的方方面面都说到。怎么吃饭，怎么独处，怎么上朝，见到什么人什么情况。对人，就是你还得是全民的榜样，这圣人难当啊，非常难当。专家学者跟圣人相比的话，还赶不上这圣人的重要性。

但是法国的伏尔泰，他就能了解孔子。他说，这东方的哲人能够用最简单的逻辑解决最复杂的问题。因为伏尔泰是启蒙主义者。他说"己所不欲，勿施于人"的说法太伟大了，把一个复杂的问题能说得如此之简单，而且不用引用上帝耶和华，不用提圣母玛丽亚，不用提上帝的儿子耶稣基督，说这个太了不起了。我们可以看出，中国文化的这个选择的方向、选择的道路，是有它的特色的。

尚德

中华文化的三尚，第一个是尚德。中国人最崇拜的是一种圣王。圣王这并不是儒家的语言，恰恰是道家的语言。内圣外王，这是庄子说的。内圣就是从他自己的人格，从他的心地来说，是如此之善良，如此之全面，如此充满了仁义道德之爱。外王，但是他要掌握一定的权威才能办成一些事儿。

孔子有一个非常基本的说法：他说以行政来引领，以惩罚和刑罚来规范，老百姓呢，可以少做很多违法乱纪的坏事，但是缺少尊严。那么，如果你治国的这位圣王，是以道德来引领，以礼法、礼貌、礼节、礼仪、礼行来规范。你想，一个个都是彬彬有礼，一个个都注意自己的举止、规范自己的言行，那你还有什么问题呢？还怎么会有坏事出现呢？这样的话，"有耻且格"，不但是有尊严的，而且是有格调的，是达到一定的标准的。

这实际上是儒家文化立国的一种理想。到老子那里，就是你可以无为而治，你只要是正确了，世界上就没有坏事。他是以哲学立国的幻想。以哲学立国，这是跟柏拉图的幻想一致的。

尚一

中华文化的第二个崇尚，我说是尚一。尚一是什么意思？首先谈一下是崇尚与信仰的定于一，是中国的宗教或者是亚宗教的性质问题。这个孔孟讲过一些，荀子讲得更仔细。他在讲到尊重祖先的时候，他说至于祖先死后有没有灵魂，成了神仙还是成了鬼，他说这个问题是学养比较差的小人之论，这是庶民之论。他说我们提倡敬祖祭祖，我们为的是慎终追远，为的是有远见，为尊重敬畏我们的祖先给我们留下的经验教训、文化遗产。所以，孔子说"吾道一以贯之"，老子说"天得一以清，地得一以宁"，天得一就没有雾霾了，地得一就没有地震了。这个"神得一以灵"。你是神了，你也得得到这个一，就是道，这个道就是中国的概念神。中国对概念可以毕恭毕敬，越大的概念它就越崇拜。孔子的话，"朝闻道，夕死可矣"。道是最高的价值，比生命还要宝贵，所谓一，就是万有之道、有无之道、修齐治平之道，万物的根源，万物的规律，万物的根本。

我们现在的世界，20世纪、21世纪强调的是政权权力的合法性。中国古代强调的是权力和权威的合道性。合乎道你就一切都好，你违背了这个道，就国无宁日、天下无道，老百姓也过不上好的生活，朝廷的统治也是国无宁日。他这点说法啊，有点接近马克思主义。什么意思呢？因为马克思主义的特点就是先明确社会的发展，一切生产力的发展，生产关系的变化，这叫做历史的发展规律，叫社会的发展规律，是最重要的。那么共产主义者、社会主义者正是按这个规律去奋斗。就是他认为在人间，有一个更能够核对真伪善恶的这样一个历史规律。这个观点有点像冯友兰先生的一个名言。所谓新理学，明清讲理学，也是这个意思，万物皆有其理。明清理学在英语里头，是作为"新儒学"来翻译的。冯友兰的名言是什么呢？"未有飞机之前，已有飞机之理"。飞机的理是什么呢？空气动力学、材料力学，还有对这个空中与地面的各种情况的判断理解和掌握等等。飞机是 20 世纪才有的，可是空气动力学这个原理呀，你只要有空气，没有人，它也存在，除非这个星球上没有空气。

所以在某种意义上，我认为道，就是中国的一个概念神，神性概念。概念神有它的高明之处。为什么呢？它摆脱了那个人格神，或者神格人，那一切的尴尬和悖谬。在捷克作家米兰·昆德拉的作品《不能承受的生命之轻》里边，就提到欧洲神学为了"耶稣进不进洗手间"这个问题进行了上百年的讨论和争议。另外，我很喜欢看的推理小说是《达芬奇密码》。《达芬奇密码》里讲的什么呢？其实也不是那个推理作家去想出来的。就是说耶稣的夫人叫抹大拉，抹大拉代表一个单独的耶稣教的教派，为此罗马教皇还发表声明说耶稣没结婚，也没有夫人，抹大拉之说是不可相信的。但是全世界都认为这是笑谈，一个推理小说，你跟它较什么劲呢？如果要是都按罗马教廷的规则，世界上就没有推理小说了。可是中国的神是一个无所不包的伟大概念，没有这种荒唐的争议。在某种意义上，其他宗教到最后也得强调概念。

中国讲一个道，这个道既是规律又是本体。道生一、一生二、二生三、三生万物。尚一，这个是中国在信仰问题上的一些特点。中国人太聪明了，既不说得很具体让你去信仰，一般又不禁止你信仰各式各样的业务分工神灵，但是同时它又有一个很崇高的概念，高大上管了一切。

中国还有一个有意思的，就是把天地、人看成是一致的。天性就是道德，道德就是天意，天心就是民心。这个在姚雪垠的小说《李自成》里写道，李自成到了陕西商洛以后遇到了一位秀才，有志于要做他的谋士，叫牛金星，牛金星就讲了一个道理，民心就是天心。

天地人的一体化，就是孟子的天时地利人和说，也是老子的道生一、一生二、二生三——一分为三。

那么，为什么崇尚一？世界万物太多了。中国的话叫一切。什么叫一切？一就是世界的整体性，切就是一的多元性，一的多部分性，切就是部分。一切就是又一又切。郭沫若的著名诗篇《凤凰涅槃》里最后歌颂到，一切的一，一的一切。当然也有人说郭沫若这个是从《华严经》里边来的。

　　所以又要一又要一切。例如古代中国对于君权是很重视的，但是又要强调民为贵、社稷次之、君为轻。这一的一切，我认为它非常中国了。但是，几年前我去旧金山参加一个讲座，完了以后经过渔人码头，吃完海鲜，就看到一个大的商店，但是他已经关门了。这个商店的，已记不清是它的招牌还是它的格言呢，就是 one is all，一就是一切。有人说它是餐馆，就是什么都有。还有人说得更可爱，它是美国的一元店，就是说这地方是旧物代卖店，反正一块钱一件，大的也有，小的也有，一进这儿就是一块。所以这个一和一切呀，也不要认为中国这个有多么特色，有多么奇特。没有，全世界人都有类似的思路。

　　还有这个少林寺里讲的三教合一。儒、释、道，干脆统一起来。这就更乐呵了，在少林寺里头专门有一个碑，说是佛教见性，道教保命，儒教明伦，纲常是正；农流务本，墨流备世，名流责实，法流辅制，各有所失，一以贯之，三教一体，九流一源，百家一理，万法一门。所以中国有一个很好的词，也是别处没有的，甚至于他们是不能接受的，叫混一。就是乱七八糟一大堆，最后统一起来了，有了一个价值的判断、一个选择。

　　中国有个词，这个国外好像没有，叫混一，大杂烩都掺和起来这就叫混一。既混杂，又单一。这里有极微妙的故事，譬如说混沌，周围有几个神，中间中央的神呢，叫混沌，混沌呢是脸上没有五官的，他对周围的四个神，一个叫倏，一个叫忽，都是讲速度的，都很热情。这四位神觉得，哎呀，这个中央神对我们这么热情，我们得报答他，他也没有眼睛，也没有嘴，这多难看呢，给它凿出来吧。就把眼睛鼻子嘴耳朵，全给他凿出来了，凿出来以后他就死了。这个是庄子的奇思妙想。庄子的一些哲学观念，非常有意思。他是诸子百家当中文学性最强的一个人。这完全是文学化的哲学，世界没有第二份儿。李白、鲁迅、毛泽东都特别喜欢庄子，经常引用庄子的话。

一是信仰，一是哲学，一是方法论，一还是政治治理之道。孟子见梁襄王，这梁襄王就问孟子，这个天下什么时候才能得到安定呢？因为当时春秋战国非常混乱。孟子就说"天下定于一"，等到统一了，有了一个整体的观念了、整体的认识了、整体的管理了，它就安定了。接着孟子又被问道"孰能一之？"说什么人能够把天下统一起来呢？孟子说的是"不嗜杀人者能一之"，不杀那么多人就能统一了。这个听起来你甚至觉得很惊人，说原来这个春秋战国时期那么多诸侯，那么多将军，那么多大臣呢，都是嗜杀的人，以杀人为嗜好的人。相反的，如果你不以杀人为嗜好，就能王天下。

这就是说，你要靠软实力，靠文化，取得认同，获得民心，然后才能治国平天下。

尚化

庄子还有一个重要的观点就是尚化，这是要讲的最后一尚。庄子提出来的叫"与时俱化"。世界上的一切的东西都是在变化的，尚书里早就提出来，"穷则变，变则通，通则久"。我们有各种各样的说法。旧瓶装新酒，或者是变化于无形之中。我们说千变万化，我们还说一个人把一个事儿做得最好了，进入了"化境"。又是尚德，又是尚一，中国的文化是个单调的道学的文化吗？是个呆板的文化吗？是个无趣味的文化吗？不是。因为中国人还善于变化。

我印象特别深，20 世纪当各社会主义国家进行改革的时候，卡特的安全顾问布热津斯基，美国的前国务卿基辛格，英国的首相撒切尔夫人，他们都多次说过这个改革走下去，苏联和东欧的情况非常危险。因为改革的这种机制，这种追求，这种突破，是它原来的体制所无法容忍的，是必然撕裂原来的体制。但是，中国有可能成功，因为中国的文化是不一样的，中国有自己的变化的方式。

化表现在各个方面，怎么个化法，我相信深圳的朋友比我更有发言权。我看那个唐浩明的小说，他的小说讲到张之洞。张之洞是我的老乡，他是河北省沧州市南皮县人。张之洞当年奉诏从地方要调到朝廷上，要调到西太后老佛爷身边去的时候。他的大舅子是鹿传霖，这个鹿传霖的子女，一直还都是国民党时候的大官。二战刚结束，日本投降的时候，国民党的中央派了两位所谓大员到北平，前来慰问老百姓，就是鹿传霖的儿子鹿钟麟。

鹿传霖传授给张之洞的16字箴言非常惊人，他告诉张之洞：要"启沃君心"，就是你对老佛爷你要多宣传，要提供信息，要让她接受一些新的观点。沃是什么？沃就是丰富。你得各种信息让她都知道，外国的事儿你也得跟她说，地方上的事儿也得跟她说，边疆的事儿也要跟她说。其次是"恪守臣节"，但是你是臣子，你不是老佛爷，你不是最高领导者，所以你必须能够自我掌控，必须能够无懈可击。"力行新政"，这个话相当厉害，是改革派的语言。底下又来了一句"不悖旧章"，那老规矩能不变的，你还别急着变，一变就麻烦。我们有一套改革当中的方法，老人老办法，新人新办法，等等。

所以咱们改革起来，咱们那学问大了。哪儿像有的人头脑那么简单呢，他们头脑太简单了。

君子的人文精神

我再谈谈中华精神。一种就是君子的人文精神，古代的精英主义。因为中国是一个大国，古代就是一个大国，国土面积很大，但是中国又很难分裂。为什么很难分裂呢，你说让它变成像春秋战国一样行不行呢？绝对不行。其中有一个原因，这是有的历史学家说的，就是中国这个治水呀，始终是国政的大问题，国之大者。前些时候有个电视叫《天下长河》，这个电视剧很精彩，你们不妨看看。所以你如果把中国分裂解体、地方独立的话，光这个治水就麻烦了，就没法办。当然还有其他原因，比如中国有统一的文字，它不怕方言。

一个古老的大国，特别需要有一个精英集团，君子与小人，并不是黑白之争，而是高低之争。

"反求诸己"是君子的特点，遇到什么事先考虑有没有自己改善的空间，而不是先埋怨别人。"君子和而不同"，这个总结，太可爱了。君子照顾大局，注意团结，而且不是为了个人而争论什么事情，所以各有各的角度，各有各的观点，但是它是和谐的。小人同而不和，就是像样板戏智取威虎山里看到的，那威虎山的座山雕和他的那帮土匪一样，同而不和。嘴里说的是不愿同年同月同日生，但愿同年同月同日死，脚底下想使什么阴谋诡

计，你是不知道的。君子坦荡荡，越说越让你觉得可爱。君子并
不是一个迈着四方步毫无趣味的人，而是高尚的人，有教养的
人，有文化的人，所以要有君子之道，君子的竞争也要有自己的
君子之文明。

中庸的理性精神

还有中庸之道。中庸之道，在后来，在革命的高潮中，似
乎受到了许多贬低，好像走中间路线似的。中庸是什么呢？被
贬低为不男不女，不前不后、什么事狡猾万分，不求上进、内
卷躺平，好像是这种人物。但是，中庸之道原来不是这样的。
中的意思，本来是中（zhòng），就是枪枪打十环，简单的说就
是准确。庸就是正常，你做什么事要准确、正常。"过犹不及"，
这是孔子提出来的，什么事你做过了和没做成没达标是一模一
样的。

我只说这么一点，西方的政治学的理论，它有一个很核心的
命题。但是注意，我说的是理论，它做成什么样放在一边。他们
讲"多元制衡"，他们有某种程度的性恶论的思维方式，就是权
力会变成一个坏的东西。因此任何权力呢，都要有几方面的分离
和互相牵制、制衡。中国有没有平衡呢？也有平衡，中国的平衡

主要表现在时间的纵轴上。就是 30 年河东，30 年河西。这本来是个比喻。但是呢，水利学家写文章，说 30 年河东，30 年河西是中国的水文学的经验，是中国的大部分河道每经过 30 年，都会有所调整。

我就想起一个小典故来。1957 年春天，我被通知参加中国作协批判丁玲、陈启霞的会议，我当时连作协会员都不是，我就奉命去听这个会。在这会上丁玲同志就引用，说毛主席跟她说过：看一个人呢，要看几十年。当时请注意，我才 23 岁。我一听，看一个人要看几十年呢，哎呀我心想我现在还不算人呢，是不是这刚 23 年能算个人吗？现在我明白了，就当个笑话来说吧，什么叫看几十年呢？至少要看 31 年。因为 30 年河东，他的表现一直很好，到第 31 年开始往河西变化的时候，他表现得怎么样？你就不敢说了，所以要看几十年。这是中国讲的中庸之道。前面我说的鹿传霖的悖论，也是一种中庸之道，就是你既考虑到这方面，也考虑到那方面。

中国的苦斗精神

然后中国还有一种特殊的精神，是一种愚公移山的精神，是一种不计代价、不计牺牲的精神，是一种以不可思议的方式来苦干苦斗达到目标的精神。古代这一类的神话太多了，我不想在这儿解释了，精卫填海、刑天舞干戚。还有《赵氏孤儿》，是很了不起的。《赵氏孤儿》引起了歌德和伏尔泰的重视，各自把它们翻译成了德语和法语，而且法语版的《赵氏孤儿》曾经在法国演出过。

荆轲刺秦的故事也很类似，风萧萧兮易水寒，壮士一去兮不复还，他要去刺一个秦王，他先借了几个人头。他怎么样取得秦王的信任呢，他就直接去找秦王所不喜欢的人，说我要刺秦王了，我需要你的人头，话还没有说到这儿，那人马上就把自个儿头割下来给他。哎呀，这太惊人了。

包括愚公移山，这不是一个施工的问题，不是一个效率的问题，不是一个成本的问题，中国人讲的精神就是为了完成最终的目的，不怕一切的代价。每次到这儿的时候呢，我还都愿意讲毛主席的这个语录。捣乱，失败，再捣乱，再失败，直至灭亡——这就是帝国主义和世界上一切反动派对待人民事业的逻辑；斗争，失败，再斗争，再失败，再斗争，直至胜利——这就是人民的逻辑，他们也是决不会违背这个逻辑的。

文化传统的当代性与开放性

我再简单地说一点。就是中国文化传统距离我们今天并不遥远，我们不要被它的古色古香所迷惑，认为这个是我们要回到原始的生活方式，不是。譬如说老子最讲究这个天道和人道的区别，他说天道好比拉弓射箭，劲儿大的地方少使点劲儿，手高的地方往下压一压，手低的地方往上抬一抬，你就会射箭了。这就是说这是天道，天道是什么意思呢？损有余而补不足，就是太强势的你稍微多做点贡献，给弱势者一点帮助、一点调剂，就是天道。但人之道则相反，损不足以奉有余。人是什么呢？越是弱势的越要算计你，越要剥削你，压迫你。老子这个话是共产党的话，是要开仓放粮杀富济贫的话。所以所有的农民起义旗号都是替天行道。替天行道，也就是毛泽东说的马克思主义的道理千条万绪，归根结底就是一句话，造反有理。

再比如说，在人性论上西方的基督教特别讲究原罪，讲究忏悔，但是这和马克思的说法并不一样。马克思认为自私自利是私有财产所造成的，他认为私有制的社会是人类文明以前的社会。当然他这个说的是理想化的。可是这个和中国的性善理论，是接近的，虽然有荀子那一派，但是起作用的是充分地把道德和天意结合起来、把道德和信仰结合起来的孟子的性善论。

我们今天讲中国文化，讲文化自信绝不是要开倒车，绝不是要回到汉唐盛世或者回到西周东周，也不是回到明清，更不是回到民国。而是开拓丰富我们的精神资源、吸收中国与世界上的一切最先进的东西。儒家是最讲究反省和反思的，一上来就讲"一日三省吾身"，一上来就讲"见贤思齐，见不贤而内自省"。自省是什么意思，就是自己要总结自己的失误。所以这个文化自信是为了推动我们的改革开放。改革开放，包括五四新文化运动的精神，是激活了我们的传统文化。文化自信不带有任何的排他性，文化自信是使我们能够更稳定地掌握我们的国情，推动我们的事业。可是，如果我们没有文化自信，马克思主义不能够和中国文化相结合。我们就是自绝于本土，自绝于人民，自绝于中华。所以我们今天谈文化自信离不开中国式现代化，今天谈文化自信离不开中国式的发展，今天谈中国的文化自信也离不开我们已经取得的重大的经验和成果。

我这里顺便说一下，要知道西方马克思主义者有一种比较极端的理论，认为这个发展本身是西方资本主义国家的一个伪命题，使第三世界的国家陷入了认同危机，找不到自己的身份。有的还把这个现代化认为是西方化的一种阴谋。但是我们中国式现代化一提出就解决了这些问题。我们既要有非常迅速的、绝对毫不含糊的发展，而且在这些发展问题上没有什么可迟疑的，很多的技术、很多经营的方法，我们吸收的多了，不用在这儿多说。但是另外我们在有些人文观念、家庭观念、家国观念、天下观念这些事情上，当然不能忽略我们已有的几千年的积累。

好，我就说到这儿，谢谢大家。

（本文系 2023 年 3 月 30 日王蒙在深圳大学城的演讲）

黄帝文化的开拓意义

这次重来黄帝陵，第一是对于中华民族的代表——黄帝和黄帝陵的敬仰和怀念。第二是为了向陕西省、延安市、黄陵县的朋友们请教。我仅仅就我个人的所知、所学、所读，说一点点个人的苟得与浅思，我要说五点。

第一，就是黄帝时期，中国作为一个国家的成熟和开拓的新局面；第二，我想说一下黄帝时期，对鬼神山河的封禅所表达的中华文化中天、地、人三才统一的思想，这样一种世界观，这样一种人生观和价值观；第三，我想说一下黄帝时期的汉字、汉字文化的深远意义；第四，我想说一下，开始于黄帝时期，对于中华历法的开拓，像日历、年历等；最后，我再说一下嫘祖的缫丝以及丝绸之路的意义。

每个问题题目都很大，每个问题我大概只说五分钟左右的浅见，目的是向大家请教、向大家学习。

第一点，这个事情上有一些不同的说法，比如黄帝可否说是中国祖先，因为黄帝之前，还有有巢氏、燧人氏、神农氏——就是炎帝，或者更靠前，还有传说、种种不同的说法，中国的文明史到底从什么时候说起？说法不同。现在一般说法是五千年，黄帝是公认的比较成熟的一个标志、一个象征、一个我们祖宗的代表，而且也是被全世界的华人和非华人所认同的一个人物。

中国从儒家来说，一直到道家，都非常强调一个观点，就是"内圣外王"。"内圣"就是说，他们是德性的示范，是人民的老师，是万事万业的开拓者，还是教化的代表人物，是社会风气、社会追求、理想、价值、规范的构建与缔造者。

"外王"就是说，他有王者的权力，有"王天下"的权力——实力，"普天之下，莫非王土；率土之滨，莫非王臣。"甚至于我们也可以拉扯一下现代名词，"内圣"就是他的人格充满着软实力，"外王"就是说他不含糊，他行使自己的权力，有硬实力。所以对于黄帝，既写了他的百业开拓的这一面，譬如说提到他的五行、五种，五行是金木水火土，体现了黄帝时代对万事万物及其相互关系的认识理解。那么金木水火土的行业是什么呢？我猜想就是至少包括制造业和建筑业，五种就是种植业。而另一方面，黄帝并不含糊，就是有不服的、不顺从的，是用军事手段、武力手段达到了统一中国的目标，虽然当时"中国"这个词，这个伟大的命名还没有确立。

中国古代的庄子，对黄帝有所批评，因为他说黄帝是靠武力上来的，这是庄子的道家理想主义，并不是现实。现实是当时的黄帝既要维护权力的有效性，又要维护权力的合道性，就像现在所说的合法性，我们中国古代说的是合道。这是我要说的第一点。

第二点，这是最有趣味的一个问题，就是黄帝封禅鬼神山河。鬼神是什么意思呢？就是比如说这个人去世了，已经是另一个世界的人物了。或者可以说是人死后归属于官民百姓所信仰的、形而上的、高于人间的这样一个存在。

中国最有意思的一个思路、思想是什么呢？是天、地、人的关系。"人法地，地法天，天法道，道法自然。"天对于中华文化来说，它既是一个高大上的存在，又是一个终极的信仰。譬如说，刚才说的"人法地，地法天，天法道，道法自然"，那是老子的观点，而孔子的说法就认为人的孝悌，这是天生的，孟子的说法认为人的性善是天性的表现。那么这样的话，人的所有的要求、规范都应该是顺天而行。过去的历代皇帝发诏书，一上来都是"顺天承运……"，顺天就是符合天意、天道、天性，符合天心。另一方面，就是要符合人间的道德的关系。人间要讲道德，道德的来源是天，"天行健，君子以自强不息；地势坤，君子以厚德载物。"天不但是最高大上的存在，而且是我们道德的模范，这一类的话非常多，"天何言哉？四时行焉，百物生焉"，一切都是天教给我们的。

可是另一方面，天无所不在，太广泛了，你必须要经过天子的授权。这样一方面，天子必须顺天承运。另一方面，你要祭祀天也好，崇拜地也好，干什么也好，要经过天子权力的承认。中国不是讲君权神授，而是讲神权君授。就是经过黄帝封禅，比如说泰山，黄帝封禅后它这个泰山才灵，没有经过黄帝封禅的自发的崇拜，有时候是无效的，就是没有经过承认的，有时候就是非法的邪教，是要被取缔的。

人要法地也很简单。人在地上，你必须尽得地利，利用地上的各种资源，按地理的各种情况来缔造你的生活。地法天，是洪涝也好，还是干旱也好，能提供特产也好，地一切要按照天给你的这个规律，给你的这个气候，给你的这个季节，给你的收获。

天呢又是按"道"来运行的。这个道啊，实际上是中国的概念神，因为神到了最高界，他就没有形象了，基督教中，耶稣、玛利亚圣母和十二个大弟子都有形象，但是耶和华——上帝是没有形象的。伊斯兰教是否定一切的偶像的。佛祖，强调的是佛法，而不是对人格神佛的崇拜。

所以说我们的道，就是涵盖一切的概念。这个概念就是天道，又称之为"道生一"，就是这个"一"，代表这个道。

所以在黄帝文明、黄帝文化中，天、地、人是一个循环论证的关系，又是一个循环承认、循环认同的关系。它是一个高度统一的关系，是一个万事万物必须同时具有合法性、合理性、合道性、顺天性、承运（天命）性的关系。

此后不论是元代的、清代的对黄帝陵的重视，实际上也包含着对大自然的重视，对天的重视、对天道的重视、对一些名山大河的重视。这是中国特有的在信仰问题上把形而上和形而下，把天、地、人，把理论道理和人生实际——人间的生活高度统一的一个思路和世界观，跟其他的很多民族国家的宗教信仰的单一性与板结性是不一样的。

有趣与引人注目之处还在于，《庄子》外篇中，有黄帝向仙人广成子在崆峒山问道的章节：《在宥》，宥，读 yòu，是宽容仁慈之意。这里的叙述虽然显得近似传说，但说明，黄帝时期，中国的大人物已经兴起或深化了对于天道、大道、宽容仁慈之道或"无为而治"之道、包括长生不老之道的关注与谈论讲说。

第三点，黄帝时期的各种措施多得不得了，传说和文献里边提到他，说是从来没有特别地安宁过，就是黄帝是很辛苦的，一生都在开拓我们的空间，开拓我们的产业，为百姓的生活而奋斗，为国家的安宁而奋斗。这里边还有一件特别大的事，就是仓颉造字。

仓颉造字，造出了全世界独一无二的综合型文字，就是汉字，现在世界上最主要的文字是拼音文字。当然，像古埃及字是象形文字，有人认为中国汉字是象形文字，那当然不对，因为汉字的造字原理是"六书"，象形只是六种构成文字的方法中的其中之一。中国文字是表形、表意、表音三个相结合。尤其特别的是，中国的文字啊，它特别重视概念的相互联系和从属关系，也就是说，汉字有自己的结构原理、结构法则、结构含义。

比如我们说牛，那么从牛可以发展出什么呢？牛奶、牛肉、牛油、牛皮，由此还可以发展、转化出更多含义，比如牛圈，还有牛仔，各种说法都是从牛来的。反过来又可以说奶牛、水牛、公牛、母牛、小牛等等。可是在很多语言文字里头，刚才说的这些字和词都是单独的字和词，看不出它们之间的关系来。牛奶英语是 milk，母牛是 cow，公牛是 bull，各是各的。

中国文字是认为概念之间是有它的从属关系的。正因为中国对文字的这样一个构造，所以使中国在信仰上就是要找那个最大的概念来信仰、来命名，要找那个最高的概念来崇拜，那就是道。即使这个世界不存在了，这个"道"仍然存在。

如同现代大哲学家冯友兰的名言，就是"未有飞机之前，先有飞机之理"，飞机是 20 世纪才有的，但是飞机所以能够产生、存在的道理，跟空气动力学有关系，和我们对风的研究有关系，和材料力学有关系，和力学、物理学、冶金科学、几何学……有密切的关系，这些道理是早就存在的，没有这些道理，怎么可能制造出飞机来呢？当然反过来说，就跟是鸡生蛋，还是蛋生鸡一样，如果没有存在又哪来的这些道理。所以中国的文字有自己的特点。中华文化在某种意义上可以称为汉字文化，中华文化的整体性、中华文化的一元性和多样性的结合，中华文化用一来代表多，用多来整合为一这样的一些特色，都和汉字有密切的关系。

第四，在关于黄帝的各种记载里，说到黄帝时期已经运用一些工具。有的说是策，有的说是箸，就是那个筷子，小棍儿，用这些东西来计算、来迎接还没到来的日期，它已经开始有一种对历法，现在来说就是对地球的自转和公转及其相互之间关系的深刻认识。而中华历在世界上的意义太伟大了，到现在我们还没有完全发掘出中华历的意义来。我们现在这个中华历，英语里把它翻译成是月亮历，这是不符合中华历的全部意义的，因为西历的一年四季是阳历，是根据太阳活动规律制定的历法认知，而从理论上说中华历不但照顾了日、月，还照顾了九大行星里边的起码五大行星，这是我个人还没有完全掌握的，但是我觉得这也是中华文化对世界文明的一大贡献。现在有的记载说开始涉猎怎么样计算日期，怎么样计算季节，是从黄帝开始的。

从对于黄帝时期制定历法的用具的描写中，还令人想起对占卜、预见、预言的研究来，更是奥妙无穷。黄帝时代，已经为周文王的《易经》做了一些铺垫与准备。我再说黄帝的夫人，嫘祖，她的缫丝的发明，对世界来说极其重要。丝绸和瓷器，是中国文明很突出的两个符号，被全世界所承认。"丝绸之路"，我们现在说"一带一路"，更说明了中国古人的心胸，以及他们对世界的开拓，对中国文明和各种不同文明的交流的愿望和实践。

我们再想一想，不管是道家也好，儒家也好，他们是非常重视学习先进的东西的，"见贤思齐，见不贤而自省。"（出自《论语·里仁》，原文为"见贤思齐焉，见不贤而内自省也。"）"三人行，必有吾师。"（出自《论语·述而》，原文为："三人行，必有我师焉。"）还有孔子所说的"我并不是圣人，我只不过是好学不厌，诲人不倦。"（出自《论语·述而》，原文为："若圣与仁，则吾岂敢？抑为之不厌，诲人不倦，则可谓云尔已矣。"）所以我们今天谈到"一带一路"，谈到丝绸之路，我们看舞剧《丝路花语》，都不应该忘记黄帝和黄后嫘祖对中华文明、对人类的巨大贡献。

当然这里边还有许多复杂的学术问题，比如说我们讲黄帝的文化，但是我们也讲炎黄子孙，这里头还有许许多多方面的考虑。整个命名的过程，也并不是一个很简单的事情。这些名称慢慢地越来越丰富了。

我们有了黄帝这样一个伟大的命名，我们有了这样一个爱国主义的旗帜，我们有了这样一个慎终追远的标志，就是对黄帝的敬仰和怀念，对黄帝的认同，也是对我们的民族、民族文化、对中国式现代化、对中国特色社会主义的认同。

今天很高兴来到这里，在这宏伟的轩辕广场上，我的感想是很多的，但是由于学习不够，年龄偏高，有讲得不周到的地方，请大家多多指教，谢谢。

（本文系 2023 年 4 月 9 日王蒙在黄帝陵轩辕广场作的

"黄帝文化论坛之中华文明大家论"开坛首场讲座）

学习·阅读·实践

非常高兴到中央团校来跟大家漫谈漫谈，聊聊天。因为我是咱们的校友，我是 1949 年 8 月到达河北省良乡，参加当时的中央团校二期，到了 1950 年 5 月在团校结业，我是中央团校二期第十五班第六组的学员，离现在已经 74 年了。但是我想起我那八个月的团校的学习生活，仍然觉得很高兴甚至很自豪。那时候，校长就是团中央的领导冯文彬同志，教育长是张凡，副教育长是宋养初。给我们讲课的印象最深的是田家英，因为他来讲课，下午两点开始讲，然后讲到晚上六点一块儿吃饭，吃完饭六点四十分接着讲，一直讲到夜十一点半就快十二点了。我到现在还记得他说，毛泽东思想就像是大海里边的水，每个人都可以从这里边汲取你所需要的东西，但是永远汲取不尽。毛泽东思想又好像是一架钢琴，每个人都可以在上边弹出自己所需要的音乐声调。给我们讲哲学的是艾思奇，给我们讲妇女运动的是邓颖超，给我们讲青年运动是冯文彬，讲工人运动的是李立三。讲《婚姻法》，当时我们中华人民共和国通过的第一部法律就是《婚姻法》，给我们讲《婚姻法》的是王明，当时王明用的是他的原名陈绍禹，他担任的是国家法制委员会主任。给我们讲毛主席军事思想的是孙定国，他讲得非常豪迈。

我今天在这就跟咱们这些跟我相差七十多岁的学弟学妹们说一点我对学习读书实践的看法。在我们那个时期，说到团的任务的时候，最常引用的是列宁在苏联共青团工作会议上的讲话，他在讲话中谈到，苏联共青团的任务，第一是学习，第二是学习，第三还是学习。俄语是这样说的，我们把它翻译过来，就是学习学习再学习。

谈阅读的时候，我先谈学习。好像是用不着我说，当然是要学习，但是我说这个的目的是什么？就是读书是为了学习。我们对读书有各种说法，读书可以改变命运，你先别急着改变命运，你先学到手再说，你什么都没学到，你急着改变命运干什么呀？你着什么急呀，不能太急。

另外说读书最快乐，这个话也非常正确，一个真正爱读书的人，读起书来快乐极了。所以有些地方就很喜欢把这个"阅读"写成一个喜悦的"悦"，悦读。但是读书的目的是学习，不是为了快乐。快乐也有很多，喝小酒也很快乐，打球也很快乐，听歌也很快乐，吃顿涮羊肉也挺快乐。但是读书是为了学习，我们可以从这个命题上推出几个结论，第一，你不光要读看着很舒服的书，还要读一点要硬啃的书。你不但要悦读，而且还要攻读，跟打仗一样地读。什么意思？不好懂、不容易体会它的精神，但是也要读。你不但要看得很轻松很愉快，而且要看得每一句每一个字都有新的体会。你不但要学你能够一看就懂的东西，还要学你看不懂的东西。

我告诉大家，我的学历非常有限，我参加团的工作的时候，我当时是高中一年级，已经过了高中一年级第二学期，但是还没有完成高中一年级的学业。但是我爱学习，我自学。人家问我，在新疆待过很长时间，你是干什么的？我说我是维吾尔语的博士后。在座的有没有新疆的同志？维吾尔语我曾经很熟练，我到现在可以用维吾尔语唱歌，可以用维吾尔语朗诵诗。维吾尔语是阿尔泰语系，很有意思的。

英语我是完全自学的，我并没有过关，但是改革开放三十周年的时候，当时中央电视台九频道，我和主持人有半个小时的dialogue about Chinese literature，Chinese writers。我在哈佛大学、莱斯大学等学校都用英语做过学术讲演。2003 年在日本由栗原小卷主持的日中文化交流协会的欢迎会上我是用日语交流。在伊朗德黑兰官方的欢迎会上，我是用波斯语讲的话。刚刚在阿拉木图发行了我的哈萨克文的《这边风景》，我人没有去，我送去的是视频，视频我是用哈萨克语讲的话。在土耳其的官方访问当中我是用土耳其语讲的话。在乌兹别克斯坦的电视采访当中，我是用乌兹别克语回答的提问。不等于都通了，有的只是知道一点，但这是我的乐趣，因为我大概知道它的路数，我请人家语言好的人给我起草，然后我来恶补一顿，我就敢出去，就可以讲话。而且我特别注意发音，听着像真的似的。这个是什么？我觉得是一个快乐，而且这是外交。我通过这个办法，立刻就跟对方缩小了距离。我在阿拉木图用哈萨克语讲话的时候，阿拉木图的知识分子在那儿欢呼，因为他们无法想象，他们说过来讲俄语、讲英语、讲法语、讲日语、讲韩语的，都不新鲜，你讲我们的土话，我们太新鲜了，做梦都梦不见。

我回过头来再说我看书，维吾尔语的书更不用说，乌兹别克语因为（与维吾尔语）很接近，可以是阿拉伯字母的，可以是斯拉夫字母的，我看的《纳瓦伊》《布哈拉纪事》《圣血》《骆驼羔眼睛》等等，我看的很多。英语的书我也看了不少，海明威的很多原著我是看的英文版。我翻译过约翰·契佛（John Cheever）的短篇小说，也翻译过新西兰的"新小说"。

所以说，我们要带着学习的目的看点看着费劲的书，你看书，什么都不费劲，你这是干什么呢？乐趣在哪里？乐趣就在于克服困难，乐趣就在于成长自己，使自己得到长进，使自己的精神能力得到全面的发展。精神能力是什么意思？理解的能力，记忆的能力，想象的能力，分析的能力，复述的能力，就是你看完一遍以后能跟人家说得明明白白，或者你自己的一个经历，你能把它说得很生动，说得人家爱听，说得人家不嫌烦，这也是精神的能力、综合的能力、写作的能力、交流的能力、辩驳的能力。遇到和你的观点不一样的或者和你针锋相对的、对立的，你能够很文明很礼貌地把自己的意思说清楚，能够把不同意见的谬误之处指出来。你有没有这个能力？你有这个能力当然太重要了。能克服困难又能全面地长进自己，这样的阅读，难道能是没有兴趣的吗？这样的兴趣与光是看着好玩，看一个段子，看一个抖音，看一个快手，看一个稀奇古怪的或者只是逗你一笑的东西，它怎么能够相比呢？

而且这个是没有休止的，你只要活着，头脑基本正常，帕金森症没有发展得太严重，你就可以学习。精神不如过去了，可以少学一点，比如说我过去一年看七十本书，看一百本书，我现在一年看十本八本书，那就先看十本八本书。在某种意义上，读书和学习是保持你的定力，保持你的长进，是应对一切困难和逆境的最好方法。你目前有点情况，或者领导对你有点误解，或者有的事你明明想应该这么做的，偏偏就采取了另外一种做法了。这种情况下，你就好好学习好好读书吧。你这个时候能好好地读一本书，就说明你不会在任何挫折面前毁灭，你不会在任何挫折面前失去方寸。所以我要说读书是为了学习。

读书还有一个妙处，就是，书是从哪儿来的？书是从生活当中来的，书是从历史的实践当中来的，书是从人民当中来的。因此，生活是一本大书，社会是一本大书，天地、大自然也是一本大书。读书，不仅仅是为读书而读书，为学问能够倒背如流而读书，更是因为它是从生活当中来的，又能帮助你更好地生活。

中国的传统文化很有趣，中国的传统文化重视的是什么？重视的是"此岸"。"此岸"是什么意思呢？就是不管社会上也好，你自己也好，你们家里也好，对这个世界有没有"彼岸"，有没有另外一个世界，有没有另外一个社会，尤其是人生死大限以后会出现一些什么样的情况的说法，那都是彼岸是过了大河以后的事情。我们关心的当然是"此岸"，孔子有一个最简单不过的说法是"未知生，焉知死"，你活着的事还弄不清楚，就整天研究死后会怎么样，你冤枉不冤枉啊？

所以我们学习既是读书又是从生活当中学习。咱们看《论语》，《论语》里面孔子怎么吃饭，怎么说话，怎么上朝，怎么在家里闲待着（燕居），都写到了。这是从生活当中学，学习怎么生活。读书最大的快乐在于从书中发现生活，发现人生，发现人间。书里面的内容能和你的生活经验对接，你看，这不快乐吗？第二，从生活当中你能发现书。生活当中你发现了人性，生活当中你发现了真理，生活当中你发现了价值，生活当中你发现了品德，生活当中你发现了很多知识、很多学问。日常的生活都能够教育你。所以学习是读书，但读书并不能够概括一切的学习。你能够把生活和书结合起来，能把书本上的东西激活，能够看成有活力的东西，能真正使书成为你的朋友，这并不容易。

把生活和实践结合起来，把实践和读书结合起来，把读书和学习结合起来，这就是我们的愿望。所以中国强调的是什么？经世致用，就是我们学习的这个东西是为了实践，而不是脱离实践的。正像孔子说"未知生，焉知死"。庄子说"六合之外，圣人存而不论"。"六合"是什么？就是三维空间。在三维空间之外是什么？不好说，可能有另外的宇宙，也可能没有另外的宇宙，现在的哲学家、物理学家、天文学家还没有定论。但是你更关心的是实践，更关心的是你的实际生活，更关心的是你所知道的、你所见到的、你所接触的、你所想到的人民。这样的话，学习就是一个一天都少不了的事。

文化，世界上有二百多种解释，但是它统一有一个解释，文化就是人化，就是世界上人类所实践所积累所摸索到的一切都叫文化。从大的意义上来说，生产也是文化，劳动也是文化，衣食住行也是文化，言谈话语也是文化，这都是文化。所以我觉得用我们党和国家的领导人最常用的一句话来说，我特别欣赏这句话，越想这句话越觉得值得我们好好体会，就是"摸着石头过河"。人类的历史是摸着石头过河的历史，中国的历史是摸着石头过河的历史，中国共产党的革命和建设的历史是摸着石头过河的历史。因此，人类的历史就是学习的历史，学习就是摸着石头过河，读书也是摸着石头过河。

你看的书，你认为你懂了，你真懂了吗？你抓住核心了吗？你抓住要害了吗？你读的这些书真的都能用上吗？有足够的精神能力来对待你日常的生活、日常的实践，你的工作、你的任务，党和人民对你的期待，你做到了吗？所以这也是摸着石头过河。

读书当中，我还特别希望我们能有一个摸着石头的劲儿，就是要有一个和书商量、和书研究，从书里寻求真理的劲儿；就是要有一个与书共舞、与书协商、与书切磋，从书中得到营养的劲儿。如果没有，你读得再多，背诵得再好，我也很羡慕，但都不算是真正的会读书、会学习、会实践。

有时候书里的东西，我们看完以后很累，为什么？因为你不会与它共舞。我举几个例子，是我个人读书学习当中的体会。因为是我个人体会，还很不成熟，也可能我举的这个例子不妥当，欢迎随时给我指出来。

比如说，早在几十年前，"文革"当中，我老爱琢磨毛主席的一段语录，那时候大家都会背语录，捣乱，失败，再捣乱，再失败，直至灭亡，这就是反动派的逻辑，他们是不会违背这个逻辑的。斗争，失败，再斗争，再失败，直至胜利，这就是人民的逻辑，他们也是不会违背这个逻辑的。这话很有力量，很好，但是我一直就不明白。一边是捣乱最后是失败，一边是斗争最后是胜利。当然因为一边是人民，一边是反动派，是截然相反的。但是他们的过程怎么一样啊？为什么都是失败？捣乱，失败，再捣乱，再失败，失败再失败，灭亡了。这边也是，斗争，失败，再斗争，再失败，失败再失败，最后胜利了。我就觉得别扭，而且如果考究对仗的话，对仗不上。如果说是，捣乱，失败，再捣乱，再失败，直至灭亡。这边是，斗争，胜利，再斗争，再胜利，直至大胜。这不就很清晰了吗？也就很好了吗？

但是毛主席的这句话太深刻了，因为很简单，这不是一个语言问题，不是一个作文，也不是对仗，这是历史，这是生活，这是经验。

如果我们不是从文章作法上来考虑，而是从中国革命史、党史上来考虑，当然是斗争，失败，再斗争，再失败。1921 年至1927 年第一次国内革命战争失败了，不但失败了，而且共产党员倒在血泊之中，北伐战争的胜利果实被蒋介石反动派所侵吞。第二次国内革命战争，也就是土地革命更是失败的，失败得很惨烈。我们官方的说法是第二次国内革命战争白区损失百分之百，苏区（红区）损失百分之九十。什么叫损失百分之百，什么叫损失百分之九十，那就是加在一起，百分之九十五，也许更多或者少一点，都失败了，基本就没了。但是我们再回忆一下，长征是在我们失败得很严重的时候，起死回生，通过前所未有的战斗扭转了局面，直至最后革命的胜利。在这里，斗争，失败，再斗争，再失败，不是一个加法的关系，不是失败加失败加失败等于胜利，这不可能。而是一个数序的关系，不是数量的关系。也就是说，是屡获失败终于胜利。各种科学实验都是这样，当然是屡获失败，要是早胜利了，这个课题就结束了，该开始另外的课题了。

世界军事史、战争史上这样的故事有很多，楚汉相争，项羽屡战屡胜最后偏偏失败，刘邦窝窝囊囊受了不知多少苦，最后胜利。我们现在有些作家和读者，从个性上比较喜爱项羽，这很正常。但是从政治的角度，毛主席一直是看好刘邦的，而且他认为，正因为项羽原来是贵族，更脱离实际，远不如刘邦接地气。这个话题，我不知道我的理解对不对，但是这很重要。如果我们读了毛主席的这一段话就能够体会到，人的一生很可能是失败再失败最后取得了胜利。相反的，也有可能刚开始很厉害，结果最后搞砸了，其下场令人所不齿，这样的事情也时时发生。我再举一个例子。我们现在非常强调，习近平总书记在党的二十大上特别指出的中国式现代化。那么中国式现代化就意味着在政治建设上我们不可能走美国的那一条路。美国的那条路它大致上是西方所谓的"民主政治"的那一条路。它第一步承认多元。第二步是在多元情况下想办法，通过一定的操作、手段、社会运作，最后变成一对一的对决。有很多多党制的国家为什么要选两次，就是第一次以后只留下两个政党来，两个政党就只有一胜一负，不会有别的情况了。其他的情况呢？就是胜一方占的比例也不大，也不够二分之一以上，那就两个政党再对决，对决以后再胜出一个。

但是中国这个几千年大国，是比它们历史悠久得多面积大得多的一个国家，我们认为"一"和"多"的关系是什么？第一，我们强调"一"。用孟子的话，"天下定于一"。用孔子的话，"吾道一以贯之"。用老子的话，"天得一以清，地得一以宁"，"谷得一以盈"，"侯王得一以为天下正"。我们又把这个"一"和"道"结合起来，"道生一，一生二，二生三，三生万物"。这是第一，我们强调"一"。

第二，我们也承认"多"。我们是在什么地方承认多？第一，从孟子就强调说，"得民心者，得天下"，"民为贵，社稷次之"，"君为轻"。所以又是要求"一"能够包容"多"，能够代表"多"，能够消化"多"。"一"要消化"多"，要代表"多"，要赢得"多"。"多"要求善于统"一"，才能把国家治理好，才能天下太平，让社会发展安居乐业，人民幸福。叫做"王天下"。这是另一种思路。而且这种思路，我们所做的有几千年的历史，既有经验也有教训，也有自己碰到的问题，但是也有能够很好地解决这问题的，所谓"天下大治"，国家治理得很好的这种期待。

西方的政治学的理论，请注意我说的是理论，不是说它做到了，它这里面很多也是空谈。它有一个核心的命题就是多元制衡。中国很少或者不讲多元制衡。当然中国也有监督的观点，或者制约的观点。中国的平衡更多的是在时间的纵轴上。所以中国对政治家一个很大的要求就是君子的政治、中庸的政治。中庸是什么意思？"中"就是中，就是准确；"庸"就是正常。就是你要做得又准确又正常，这样才能不断自我调整、不断变化。中国的政治家是善于不断调整和变化的。庄子的话就是"与时俱化"，就是时时都要调整，把握正确的方向，"一"带领着"多"，顺利地正确地前进。当然，这也是"一"带领着"多"摸着石头过河，因为永远会有新的问题、新的挑战。所以中国传统文化为什么讲君子之道，为什么讲中庸之道，为什么重视"天下定于一"，我觉得这也是很值得我们思考、消化、研究、琢磨、体会的。

我再举一个例子，跟这个有关系，就是中国的宗教观念。中国的宗教观念跟全世界的文化相比也特别有自己的特色。就是中国的精英政治，中国的君子，中国的士，中国的臣子，他们头脑非常清醒。所以他们说"六合之外，圣人存而不论"，就是对民间的多神论，他们不过多地费心思去研究。民间是多神论的，生天花的有天花娘娘，生孩子的有送子娘娘，结婚的有红线仙人，吃饭的有灶王爷，管船、水上的交通、风浪的有妈祖，管生病的还有瘟神，管下雨的有龙王爷，有很多，显然都是老百姓的说法。一般情况下，君子的关注不放在这，君子之心是放在"天、地、人"的理解上。"天"是最高的，第一，"天"是自然的存在；第二，"天"是最高大上的存在；第三，"天"是一切美德的象征，是一切真理的象征。

孟子说"恻隐之心，人皆有之"，"羞恶之心，人皆有之"，"恭敬之心，人皆有之"，"是非之心，人皆有之"。这是什么？这是天性。天性善良，因此你如果不善良，你就是逆天。"天"又是道的表现，天道，这个"道"是哪来的？和"天"俱存。"天"是哪来的？"天"是永远的，天与道互为因果，互为证明。易经上讲，"天行健，君子以自强不息"，也就是说"天"又是宇宙的根本规律、根本道理的代表。"天"既是人间的美好道德，人的本性的代表，又是客观的存在，还是根本真理、根本规律的代表，这是"天"。

可"天"的威力从哪出来的？是靠人的发现，靠圣人的发现。谁具有"天"的身份？圣王，是君王、天子，黄帝就是天子。黄帝的那个时候还没有三皇五帝结合起来，还没有皇帝这个说法。这个说法是秦始皇开始的，他说他的功劳、他的地位和三皇也一样，和五帝也一样。可是咱们的老祖宗黄帝，他是天子，他是天道的代表。那么如果一个君王天子失败了怎么办？中国史学会认为是由于他不符合天道。商纣、夏桀"无道"，他就失败了。如果他很好地奉天承运，做什么事都符合天道，那么他就不会失败。

西方经常讲权力的"合法性"，在中国历史上就是讲权力的"合道性"。你合不合乎这个道，合乎这个道，你就是正确的。它又反过来，因为天也太大了，地更不用说。所以要经过皇帝的封禅，就是神权君授。国外经常做君权神授的大面、样子，现在所谓的民主国家，也是元首手扶着圣经宣誓，代表他的权力是圣经给他的。中国是相反的，皇帝到泰山封禅，经过皇帝的封禅，泰山才有了神性。有多少关公庙是经过皇帝的封禅？我看过清朝的历史，在道光时期，新疆喀什发生过张格尔的叛变。张格尔原来一直在境外，但是他勾结了一批人在新疆叛乱，最后他战败了。

战败之后，他找借口。审问他的时候，他就说，我本来打仗是战无不胜的，但这一次我在马上忽然看见有一个骑着红马拿着大刀留着长胡子的人，过来给我一刀。我的马受惊把我摔到地上，结果被你们俘虏了。清朝带兵的官员就向皇上报告，说这是关公显灵把叛贼张格尔抓住了。主事官员也不见得是真相信，但是他就这样报告了，这是很好的事，又不是官员自己说的，是被俘的敌人说的，又骑红马，又拿大刀，又是长胡子，那五缕长髯当然是关公了。所以道光皇帝听到以后，就问离你们最近的关公庙在哪儿，再问这关公庙的称谓是什么？回答是忠义大将军关羽之庙。皇上就给此庙加荣誉称号。叫什么？类似忠义彰显之类，不但是大将军，而且是四面放光的，最显赫的大将军。然后在当地庆祝关公得到了皇帝的彰显。回过来说君权能管神灵，如果你没有经过皇帝的封禅，自己在那个地方弄一块地，你说这里有神……弄不好当邪教就把你灭了。

所以"天地人"是这么结合起来的，循环论证，循环认同，互相推动，也有某种互相制约的可能。如果说这个朝代政治出现了问题，农民也运用类似的说法，做梦梦见什么了，就搞起农民起义了。这也是一种中国式的"一"和"多"、"多"和"一"结合起来的。中国没有一个特别的宗教，是和政权结合起来或对立起来的，中国的敬礼思想，是把对大自然的敬畏、对终极主宰的敬畏、对军权政权的敬畏这三者结合起来。中国的宗教也有很多不同，我就不多说了，这些问题都还没有固定的结论。

我们的书里，给我们留下的问题还有很多。所以我希望我们读书的人要会读书，能够与书共舞，能够不断地长进自己。这也是一个闲谈。

主持人：非常感谢王蒙先生。那么在王蒙先生讲座之前，中央团校的广大师生非常期待，不仅想聆听先生畅谈，也带着一些相应的困惑，想请先生帮忙解答。限于时间，我综合一下就提一个问题。当代青年人获取信息的方式是比较多元化、碎片化、视频化的。那么在这样的背景下，如何培养青少年长期阅读习惯，特别是考虑到先生七十年前，在十九岁的时候就动笔写《青春万岁》，用文学把共和国之初这一特殊的历史时期，青年人的心事记录下来。那么七十年后的今天，面对我们这些担当民族复兴大任的时代新人，先生有什么寄语，一并为大家解答一下。

王蒙：今天因为来不及说这个了，我个人对目前的这种，新媒体给我们带来的方便等，不用多说，但是它造成的所谓碎片化、肤浅化，一个人的一切处在一个浏览的状态之中，很少有时间来琢磨，像我说的"消化一下"，非常少。这种情况，我是非常担忧的。我是觉得，科学技术发展的过程中常常会发生代替人的某些努力的工具，比如说，跑马拉松或者国际田径体育比赛上，往往是非洲的交通条件不好的地方的人拥有好成绩。有一个牙买加博尔特，那是百米的。他从小上学，早晨得跑一个多钟头才到学校，然后放学以后他跑得更快，为什么？他怕的是跑了半天天黑了，又没有灯光，他找不着自己家了。

所以交通工具的发达使人的走路的能力降低了。空调的发达使人的调节体温、适应体温的能力降低了。我就怕新媒体的发达，电脑的发达，因为它能代替人的脑子的一部分，这样的话，我说得严重一点，就是人就越来越白痴化了，指明这点你自己就能得出一个答案。所以我就觉得咱们首先把自己管住，每天看手机、看很短促的小节目等的时间要减到最小的限度。反正光靠那些会带来咱们智力的下降，绝不可能是智力的提升。我们已经有这个担忧了。所以我前面也讲到，要看点硬东西，要有攻读的决心，也是这个意思。

（本文系 2023 年 4 月 23 日王蒙作为中央团校二期学员做客"正青春　悦读行"系列读书文化活动之名师讲堂时的讲座）

中国式现代化与文化自信

感谢各位给我提供一个机会交流一下对于二十大强调的中国式现代化学习的一些心得，一些想法。我主要就中国的传统文化和中国式现代化的关系这个话题讲一点。我们讲到中国式现代化，讲到人口规模巨大的现代化，这个人口规模巨大的国家自古如此，并不是突然长大了的。我们虽然那时候的人口没有现在多，但是也是一个大国，是一个古国。全体人民共同富裕的现代化，是社会主义的现代化，也是中国自古所理想的老吾老以及人之老，幼吾幼以及人之幼的这样一个政治理想、社会理想的表现。物质文明和精神文明相协调的现代化，这个也是中国自古以来就有的主张追求：重仁义，重道德，导之以德，齐之以礼。人与自然和谐共生，和平发展道路等等，底下我都还要说到。现在我就把传统文化的特色和我们的现代化的追求是怎么接轨的，就这个问题说一点个人的学习心得。

首先，中国的文化的特色在于它的实践性。实践性，我说是此岸性，很简单的一个意思，我们讨论的就是我们生活的这个世界。至于死后是不是有另一个世界，我们的传统文化对它不做硬性的说法。孔子的说法很简单，"未知生，焉知死？"你先把活着的事儿料理好，再考虑死后的事儿。庄子的说法很数学化，说是六合之外，就是三维空间之外存而不论，它也可能有，也可能没有，可以放在那儿，可以挂在那儿，但是我们不必急着给它做结论。

有些事情不去仔细地追究、讨论，但是呢，不等于我们对人生抱消极的态度。我们对此生必须是积极的，你说得清楚，您从哪儿来的、到哪儿去，说不清楚也无所谓。但是你应该以天地为榜样，积极地对待人生，天行健，君子以自强不息，地势坤，君子以厚德载物。儒家还有一个说法，叫知其不可而为之。就是有很多东西它是一种理想，这个理想不完全能做到。譬如说靠仁爱就统一天下了，这是理想难以做到的。难以做到，也要有这个理想，也要有这个愿望，也要有这个追求。同时我们创造的文化是为了把事情做好，给国家治理好，使老百姓过上安定的生活，使天下能够和平，能够安居乐业。

所以有些外国人，有些欧洲人呢，不理解中国传统文化的这个特色。黑格尔看了《论语》的德文译文以后，他说他非常失望，还不如不看，不看的话，他对孔子非常尊重，东方哲人。看了以后呢，发现孔子讲的都是些常识性的问题，甚至于他认为孔子缺少抽象思维的能力。他说得对吗？他说得完全不对。因为黑格尔是专家，是学者。孔子不是专家，也不是学者。孔子说过自己，我有什么特长呢？种地不如农民，种菜不如菜农，我唯一的特长，赶车还凑合。如果一定让我说我有特长，我的特长就算赶车吧，我就算车夫吧，我就算司机吧，是这么个意思。那么孔子要做的是什么呢？不是专家，不是学者，是圣人。什么叫圣人？挽狂澜于既倒，改变社会的风气，让社会做到克己复礼，天下归仁。

第二，他要成为王者之师。你是皇帝也好，君王也好，诸侯也好，我要告诉你们应该怎么样治国，应该怎么样让老百姓过上幸福的生活，所以他做的是圣人。中国的理想是内圣外王。内圣是什么意思？就是你的心地跟圣贤一样，是道德的模范，是教化的师长，你的人格上充满着软实力。外王是什么意思？要实力我有实力，要权威我有权威，不服我这个权威的话，我可以加以惩戒，一个诸侯国必须有战车，必须有武力，必须有自己的法治。这是中国的理想。

伏尔泰，法国的启蒙主义思想家，不像黑格尔那么简单化。

他完全理解孔子。他说仅仅就这一句话，己所不欲，勿施于人，已经说明了孔子的伟大。

因为孔子把世界上最复杂的问题，用最简单的逻辑说清楚了。而且没有提上帝，没有提圣母，就是用人间的逻辑解决了人间的问题。

那么这里有一个非常有意思的问题，中国的这个崇尚，一个是崇尚德行，道德，一切靠道德。第二是崇尚整体性，就是不管你有多少人口，不管有多少种类，多少事情，但是它是一个整体。前边我引用的习近平总书记所讲的中国式现代化，是人口众多的现代化，我就这个问题谈谈人口众多的问题。中国的传统文化认为不管这个世界有多少多样性，有多少多元性，有多少人口，有多大的面积，但是你要治理它就只能够从整体上一贯地来治理。孔子的话叫"吾道一以贯之"，老子的话叫"天得一以清，地得一以宁"，"侯王得一以为天下正"。你懂得了这一个最根本的道理，天没有雾霾，地没有地震，侯王你自己所作所为能够符合各方面的需要。孟子见梁襄王，梁襄王就问孟子，这个天下什么时候才能得到安定呢？因为当时春秋战国非常混乱。孟子就说"天下定于一"，等于统一了，有了一个整体的观念了，整体的认识了，整体的管理了，它就安定了。底下的说法很惊人。孰能一之？不嗜杀者能一之。说什么人能够把天下统一起来呢？孟子说的是不嗜杀者能一之，不杀那么多人就能统一了。这个听起来你甚至于觉得很惊人，说原来这个春秋战国时期那么多诸侯，那么多将军，那么多大臣都是嗜杀的人，以杀人为嗜好的人。相反，如果你不以杀人为嗜好，就能王天下。

这是一个想法，就是把众多变成一，还有一个想法就是把一变成众多。因为孟子又说得民心者得天下，民心是一，无所不在的，是成千上万，成万上亿的。所以你这个一呢，你得代表多。你这个一呢，你得能够得到多的拥护，得到多的支持，得到多的拥戴。这就是郭沫若在他的著名的新诗《凤凰涅槃》里所歌颂的。啊！一切的一。啊！一的一切，这是郭沫若的诗。一就是一切，一切就是一。一是统一，切是部分，一是包含着各种各样的部分，承认各种各样的部分，尊重各种各样的部分。同时又要能有它的统一。正是对这种一和多的看法使我们中国式现代化所选取的社会体制和西方政治的想法不一样。西方大体上是什么情况呢？就是多，第一，他承认多。第二是多闹闹，互相充满了斗争。第三，斗的最后结果变成二。最后是双方对决，再出来一。然后隔几年再对决一次，它是多、二、一，通过一次一次地对决来产生的。但是中国的哲人从皇帝开始，他想的呢？不是把一变成二，把二再对决成一，他想的是你能不能出现一个一能够代表这个多，能够集中这个多，能不能是把这个多做到一，把一又做到最合适的地步、最妥当的地步，这是不同的思路。那么中国这个人口众多的国家呢，它希望出现的就是圣王，希望的是出现权威，希望这个权威又能够代表民心，能够代表天心。因为中国还有一个有意思的，就是把天地人看成是一致的。天性就是道德，道德就是天意，天心就是民心。在姚雪垠的小说《李自成》里，李自成到了陕西商洛以后遇到了一位秀才，叫牛金星，他很有志于要做李自成的谋士，牛金星就讲一个道理，民心就是天心。

所以一是中国的一个最高的观念，这个观念在多数情况下和道的观念是一致的。国外也有把一说成一切的，我 2016 年在美国的旧金山讲演完，吃完海鲜到渔人码头就看到一个大的商店，但是已经关了门。上面写着 one is all，一就是一切。后来我想查它是个什么商店，我现在有两个版本，第一，它就是一个大餐馆，就是它这儿什么都有。第二，更有趣，说这是一个一元店，就是美国有处理废旧物资的，这个废旧物资到那儿可以代卖，不管你好一点，还是坏一点，都是一块钱，你拿走。所以这个一就是一切，也是很有趣味的解释。

那么中国还有很多特殊的说法，什么三教合一。在少林寺里头专门有一个碑，说是佛教见性，道教保命，儒教明伦，纲常是正；农流务本，墨流备世，名流责实，法流辅制，各有所失，一以贯之，三教一体，九流一源，百家一理，万法一门。所以中国有一个很好的词，也是别处没有的，甚至于别处是不能接受的，叫混一。就是乱七八糟一大堆，最后统一起来了，有了一个价值的判断，一个选择。

还有中国是尚化，是崇尚变化的。我今天讲这个话题，这个字还特别重要。这是庄子提出来的，与时俱化。就是你随着时间的变化，这是不断地要发生变化的。为什么我说今天特别重要呢？因为今天我们讲中国式现代化。要不要现代化，这是一个非常复杂的问题。但是中国的态度非常坚决，非常端正。我们早在"文革"没有结束以前，在四次人代会上，周总理的报告就提出了在20世纪末实现我们的农业、工业、国防和科学技术现代化的问题。很简单地说，第一，中国坚持要现代化。第二，中国从正面评价全球化。而这个现代化和全球化的问题在世界上说法是很不一致的。西方马克思主义者，有比较激进的马克思主义者，法兰克福学派等等，他们不同意现代化的这个提法，甚至于他们不同意发展中国家这个提法。他们认为这种提法实际上是西方的大资产阶级帝国主义、资本主义用这样一种理论来给第三世界施压，使第三世界失去自己的文化身份，出现认同危机。他们也不同意整天计算国民经济生产总值。他说这用不着，不必要。至于反对全球化的则更多，势力更加强大。包括美国，恰恰是美国的工人最反对全球化，因为全球化导致他们失业了，美国的工资太高，物价太贵。现在底特律的汽车已经不行了，比兹堡的炼钢也不行了，都是全球化的结果。可是中国恰恰认为我们应该现代化。毛主席曾经说过，如果我们得不到应有的发展，我们会被开除球籍。同时，我要加一个学习体会，如果我们的现代化的发展找不到中国式的道路，如果我们不能够把现代化与中华优秀传统文化相结合，我们就会自绝于这块土地，自绝于人民。

讲到中国尚化，我还印象深刻的是 20 世纪末，当时社会主义国家用各种不同的形式开始改革。但是呢，首先是卡特时期的美国国家安全顾问布热津斯基，其次是英国首相撒切尔夫人，还包括跟我们中国打交道很久的基辛格。他们都著文论说。说这次改革开放，苏联和东欧要出麻烦，他们没办法进行这个改革开放，他们那个体制，经受不住改革开放的冲击。但是，改革开放最有希望成功的是中国。因为中国有独特的文化。所以我们的现代化的选择，我们的对于发展的硬道理的认定，我们对于中国式现代化的强调，这是人类文化的一个新的现象，这是很多国家都做不到的。西方的国家认为现代化就是西方化，认为你必须按我这套走，你才算现代化。现在，我们的态度非常明确，我们坚决现代化，我们坚决改革开放，我们坚决要发展发展再发展，远远还没有达到我们中国梦的这个目的。但同时，我们是按中国的方式，按中国的哲学，按中国的逻辑，按中国的传统来现代化。

下面呢，我还想讨论一个问题，就是我们前边已经说过的，中国的现代化的那几个方面。人口规模巨大的现代化使我们选择的是一和多的辩证结合，全体人民共同富裕的现代化是我们古代就选择了的，把仁义放在第一位，把天道放在第一位。天道的思想，是很容易接近马克思主义的。天道思想是什么意思呢？就是世界上的一切的东西有一个永恒不变的最高大上的涵盖一切的一个道理，一个规律，一个逻辑，也是一个原生态，还是一个归宿的这样的一个存在。后来到了宋明呢，天道就叫理学，就是万物都有它的理，是天理，天理是什么意思？不是人造的，是原生的，是客观的存在，是人的喜乐好恶之外的存在，这才是天理。天理还是一个永恒的存在，这个思路也特别有意思。我们现代的哲学家冯友兰，他提出一个很有趣的道理，他说未有飞机之前，已有飞机之理。因为有飞机还没多久，20世纪才有，此前没有，虽然人对怎么飞也有各种各样的幻想。但是飞机之理呢？就是理论上飞机为什么能够存在？能够升天，能够飞行，能够拐弯儿，能够选择路线，还能降落，所有的这一切都有它的物理学的根据。它有力学的根据，有牛顿力学的根据，有空气动力学的根据，有材料力学的根据，有流体力学的根据。这个说法呢，对于唯物主义者来说，不完全相信。因为这是一个先有鸡还是先有蛋的问题。你说这理先存在了，你没有物质的存在，那个理它是从哪儿来的呢？你说这个物质尤其是新发明的东西出现了，没有那个原理在，你怎么可能发明呢？因此这是一个物质与道理的问题，是一个鸡和蛋的问题，我们不必在这儿陷入诡辩。但是在某种意义上，天道到了我们今天，到了中国共产党的选择上，用马克思主义的话来说，叫历史的发展规律。就是我们做什么事情并不任性，不是主观随意的，历史的发展规律是不能违背的。

老子对天道还有更精彩的发挥，老子说，"天之道，其犹张弓与？"老子说这天道就跟拉弓射箭一样，拉弓的特点是什么呢？就是平衡，力量大的地方你要减少一点，必须力量非常均匀，非常平衡，它才是准确的，否则歪歪斜斜。高的地方要往下压一压，低的地方又往上抬一抬。他说，天之道，损有余，以奉不足。天道是什么呢？是你太强势了，你太富裕的，你要拿出点。你要出点血，你要多做一点贡献，帮助弱势的群体，这叫天道。这就是社会主义之道了。人之道相反，他认为当时社会上的人之道，违背了天道，损不足以奉有余。就是说，对弱势群体，对劳动人民，对穷困的人，剥削他们，压迫他们，用他们来伺候更高层的人。这个话相当厉害，这个话像共产党，至少是社会党的话。所以所有的农民起义打的旗号都叫替天行道，什么叫替天行道？就是要开仓放粮，就是要杀富济贫，就是要搞土改，就是要搞共同富裕，所以共同富裕才是天道。但是你具体实践的时候不可能同步富裕，也不可能平均富裕，这是另外的问题。但这是它总的倾向，这是中国的传统文化也有的。

世界大同，这更是一种共产主义的理想。全世界能不分贫富，不分远近，不分亲疏，能够结成人类命运共同体，这也是非常有道理的。包括人与自然的和谐共生，不要以为中国没有这种思想。中国对环境污染、环境问题的注意，对生态问题的注意，这个是后来的事儿，是现代的事。但是类似的思想早就有，因为孔子曾经提出过在渔猎上的两个原则。第一个原则，就是春天的时候，不可以用网眼太小的渔网捕鱼，你要让鱼长起来。你不能杀鸡取卵，你春天的时候把小鱼全吃光了，底下就没有鱼可长了。第二呢，夜间不准抓鸟。夜间都要睡觉，既然人睡觉鸟睡觉，鸟你让它睡完觉以后，你再需要抓的时候再抓几个。孔子当时并没有说这是为了保护环境，但是他表达的是孔子的大仁大义，有博大的爱、爱的胸怀。这也可以用来解释我们今天对环境保护、对生态平衡的理解。我们对生态平衡的理解，对环境的保护，对动物的爱护，对植物的爱护，对稀有品种的爱护，也表达了我们对世界的大爱，对大自然的敬爱，对我们人类自身的一种道德的观念。相反的，一个任意的屠杀折磨，或者是损害动植物生命的表现，是我们所不取的。

　　中国文化里，还有几种精神我也觉得是特别有意思的，对于我们理解中国式现代化很有意义。第一，就是我们提倡的君子精神。孔孟、荀子他们都用大量的篇幅来论述君子的道德、君子的风度。一个是"君子坦荡荡，小人长戚戚"。君子是光明正大的，是心胸开阔的。而越是小人，越得不到快乐，越是嘀嘀咕咕整天闹事。孔子还有一条叫做"君子求诸己，小人求诸人"。这个提法也非常好玩儿，非常有意思。就是你不管碰到什么问题，如果你是一个君子，你首先想到的是自己的责任，是自己改进的空间，是自己应该做出的贡献。而小人呢，不管碰到什么倒霉的事儿，他从来想的不是他自己，而是别人的毛病、背景的毛病、环境的毛病。甚至碰到一个好事，小人也从来不想到应该怎么样努力。或者自己的朋友、自己的亲戚遇到了好事，应该怎么样祝贺他们，为他们高兴。他认为一切好事的发生都是靠你的背景，靠你的群众关系，靠你的拉拢，靠你的公关手段。小人和君子的思路多么不同，太有趣了。所以朱熹说过，君子和小人对比，那个思路就跟白天和黑夜一样，小人老是拧着。可是小人又不是最坏的人，孔子并没有说小人就是坏人，就是敌人，就是仇人，就是恶人，小人就是小人。在全世界很少有这么分析的。那么君子和小人的区别，孔子认为是"君子和而不同，小人同而不和"。和而不同是什么意思呢？每个人都有自己的头脑，都有自己的责任，都有自己的角度，同时都注意团结，注意和大家一起把事情办好，他就和而不同。同而不和是什么意思呢？为了利益勾结起来，表面上看非常亲密，《红楼梦》叫蜜里调油，就是没法再亲密再甜美了。但是实际上呢，这利益一发生变化，都互相变成了仇敌。同而不和就是智取威虎山里头的座山雕，他们那批人就同而不和。和而不同呢，就是君子，君子的精神讲的还有很多，"小人之过也必文"等等。

第二个中国的精神，就是讲中庸之道、中庸精神。为什么中国强调中庸呢，起码其中有一个原因就是中国不主张、不十分提倡竞争，而希望有君子之争。就是竞争当中互相是善良的、好心的互助这样一种态度，而不是一味地在那儿竞争。所以他对相互之间的这种不好的心肠，不好的表现，对别人的排斥，或者是独自显示自己的那种事情呢，他往往抱一个保留的态度。这样的话，中国就没有西方的政治学的一个基础的见解。我说的是政治学，不是政治现实。西方的政治现实和它的政治学理论是两回事。西方政治学的一个基础的说法是多元制衡，就是社会权利权威，包括发言权、制定权、实践的权利、惩罚的权力、国家的权力要分出好几层来。让他们互相平衡着，谁也不能太过分，它认为这样社会才能够达到稳定。但是这样也可能达到分裂。这个我就不用讲中外历史了，我们随时可以找到这样的例子。那么中国注意不注意平衡呢？中国也讲平衡，但是中国的平衡不是靠多元的互制，不是互相卡在那里，而是靠实践的梳理，靠时间纵轴上的平衡。中国的平衡理论叫做"30 年河东，30 年河西"，而且这是一个水文学的说法。恰恰就在大约五六年以前，中国有水文学家在报纸上写文章说，"30 年河东，30 年河西"完全符合中国的几道大河小河的情况。它不跟你讲政治，也不讲社会，就是说河流。人家有各种的数据证明，大致差不多，总结得很好，30 年河东，30 年河西的这种情况下，就要强调中庸之道，中庸之道是什么意思？中是中（zhòng）的意思，就是把把十环。庸叫什么？正常叫庸。庸俗什么，这是后来把它往坏了说了。庸太重要了，中庸就是又准确又正常。那么就不为己甚，过犹不及，留有余地。这是中国人讲的中庸之道。中国作家协会 50 年代批判丁玲的时候，我当时还很年轻，还不是中国作协的会员。但是由于我的一篇作品《组织部来了个年轻人》引起全国的关注，所以我也被邀请列席批判丁玲的会，丁玲同志在发言当中说了几句话我很吃惊。他说毛主席跟我说过，看一个人要看几十年。因为我当时才 23 岁，我心里想看几十年，那我现在就还不算人呢，我这刚 20 多岁，没有几十年呢，看你好也看不见，看你坏也看不见呢。现在我明白了，那是小说家言，小说家的说法，至少要看 31 年。因为这 30 年都是在河东，他表现得很好，你不知道他怎么样，到第 31 年要河西了，他把你卖了，你看过了 31 年，他一直表现很稳定，这个人可以信任，所以这是对中庸的强调。

但是中国不仅仅有中庸之道，还有不中庸之道。苦斗之道，苦熬之道，愚公移山之道。就是做到人类所不能想象的那种代价和痛苦，该做的事儿我也要做到。我们一讲到神话故事，里边有精卫填海、刑天舞干戚。还有赵氏孤儿的故事，歌德和伏尔泰都分别翻译成了德语和法语。而且，伏尔泰翻译的赵氏孤儿在法国上演了。赵氏孤儿的故事就是为了掩护赵氏刚出生的一个小孩，多少人丢了命，多少人做到了艰苦卓绝。这真是不可思议的。但是中国共产党继承了这种精神。现代化也绝非容易的事情，实现现代化并不比保护一个赵氏孤儿更容易。

关于中国的这种苦斗的精神，我还愿意给大家报告一个我学习毛主席著作的体会。因为"文革"当中，其中有一个语录，人人都会背。说是捣乱，失败，再捣乱，再失败，直至灭亡，这就是反动派的逻辑，斗争，失败，再斗争，再失败，直至胜利，这就是人民的逻辑。反动派是绝对不会违背他们的逻辑的，人民也是绝对不会违背这个逻辑的。这个话我背下来以后就一直产生一个疑问，它作为骈体文呢，它对不上。因为那个反动派也是捣乱失败，捣乱失败，捣乱失败，灭亡。结果人民也是失败，失败，失败，胜利。我认为反动派的逻辑是失败，失败，失败，灭亡，人民的逻辑就应该是胜利，胜利，胜利，大获全胜。这多痛快，而且这文章也通，好比较，否则它不通，你写对联哪能这么写，两边都一样，最后结果不一样。但是这个总结太伟大了。很简单，这我们不能从数学来考虑，而要从现实来考虑。中国革命的胜利就是失败，失败，再失败，最后胜利。刘邦的胜利也是失败，失败，失败，最后胜利。第二次世界大战，苏德战争，苏联也是失败，失败，失败，最后胜利。这不是一个数量的概念，而是一个数序的概念。就像居里夫人发现这个镭，它经过的都是失败，最后只有一次胜利，齐了，齐活了，办成了。

第二次国内革命战争的时候，中共的官方说法，白区损失100%，苏区损失90%。你从数学的观点看共产党完蛋了，这边你损失100%，那边损失90%，你剩下的那不是一抹就没了吗。但是恰恰是这种愚公移山的精神，保护赵氏孤儿的精神，不计一切代价取得胜利的精神。实现了中国革命的胜利，我们正在实现着中国式现代化，达到中国梦的理想，这个使我们的现代化既毫不含糊地提高我们的国力，发展生产，改善人民的生活，达到人民对美好生活的向往和追求，同时又不断地总结经验。

最后我再说一句什么叫文化？文化有各种的说法，百科全书上说世界对文化的著名定义有200多种。但是我愿意用一个最中国化的说法来说，就是邓小平讲的摸着石头过河。人类的历史是摸着石头过河的历史，文化的历史是摸着石头过河的历史，中国的现代化是摸着石头过河，是从更早就开始了，不管是戊戌变法，还是洋务派的李鸿章、张之洞，都是摸着石头过河。那些石头就是我们的文化，底下的人走过来就知道哪个地方有石头，哪个地方你可以靠住石头，哪个地方不要去，到了那儿以后，你就会被淹死。到另外一个地方，你会被水生动物咬死，人生就是一系列的石头。中国共产党的历史，不管是革命的历史、建设的历史，还是改革开放的历史，都是摸着石头过河。我们现在出现了特别精彩的石头，我们给石头做了一个特别美好的命名，就叫做中国式现代化。

谢谢大家！

（本文系 2023 年 4 月 11 日王蒙为泰州市政府作的讲座）

儒学与中国式现代化

我们说中国是一个具有很古老的文化传统的大国，长期以来，儒学——孔孟之道在中国的政治生活社会生活中起的作用最大。那么这个孔孟之道儒学，现在在什么地方？如果到山东的曲阜，我们将看到规模宏大的孔庙孔林，我们在全国各地会碰到文庙，我们说的文庙就是祭祀孔子、保持孔子传统的孔庙。

另外还有宏大的典籍，当然最伟大的是《论语》，说半部《论语》可以治天下，那是因为《论语》提供了多方面的规范与追求。用现代外来语言，则称之为价值。

儒学更重要的载体，是现在的中国，是我们每个人的心灵，是我们的生活习惯，是我们的选择与不选择、推崇与拒绝。譬如说中国人比较重视家庭、重视忠厚、重视德性、重视孝道，现在也还是这个样子。

是的，我们的儒学既是一个古老的标志、一个人文旗帜，又实际上是活在我们的生活里边的一个重要的精神基因。

尤其是在地方戏里，忠孝节义是浩如烟海的中华戏曲的主旋律，从中最能够了解儒学的传统与品质。那么我们现在的儒学，对我们仍然切近的还有哪些？可以说，它是一种文化理想主义。孔子说，用行政的方法来引领，用法律用惩罚来规范，这样的话老百姓可以少犯很多的罪，少很多的错误，但是他们缺少尊严。反过来说，如果你首先用品性来引领，用礼节文明来规范，这样他就不但能够有尊严，而且能达到一定的格调、标准，能够成就一定的高度。

孔子，他引用过《诗经》上的诗，但是和《诗经》的诗不完全一样。诗曰"唐棣之华，偏其反尔"，说这个春天的风将花儿吹过来吹过去，"岂不尔思？室是远尔"。说我多么想念春天的花的美丽啊，可是它那个花离我太远了。这首诗我今天的理解，与历代古人的解读并不一样。因为我宁愿理解为，这是一首爱情诗，这是一首情歌，说你多么美丽呀歪过来偏过去，你的风度多好看，你走路的风姿是多美呀；我很想念你，可是你离我太远，想念也白想念。

但是孔子把这个美丽的花解释成人的美德，就是你的道德，你的风度，你对别人的态度，你的文明程度特别高。因此，孔子说，你想做到德行美满，就能做到的，你想念美德吗？你想做好事好人？马上就可以做。你想对别人态度好一点，你希望你做得很文明，马上可以做到。所以并不是美德离你太远，而是你没好好地真正下决心去做一个好人。

这个孔子的逻辑是什么呢？取法乎上，仅得乎中。你光讲法律，法律就是治那个最坏的，不能偷东西，不能伤害别人，不能破坏公共财物，这是法律。可是如果你是一个有很好的公益心、有很好的助人之心的人，那么你当然不会做这么坏的事。刑法也是这样，如果你彬彬有礼，你尊重每一个人，那你能够去做侮辱别人的事，侵夺别人的利益的事吗？是不可能的。所以这是孔子的一种理想。

孟子甚至于把话说得更夸张，说什么样的人能够引领天下？叫做王天下，王要当及物动词理解，是引领天下，你不要动不动就杀人。那时说这个话是有根据的。因为春秋战国时期，诸侯国家实际上就像现在的一个个省那么大规模，争权夺利，互相倾轧，刀兵频频，一个侯王，你能够不好战争，你能够有美德，有对人民的爱、对百姓的关心，就可以高于其他诸侯国，王天下。

儒学还讲一种精英主义，他管这精英不叫精英，也不叫精华，也不叫 VIP，它叫什么？它叫君子，君子受过很好的教育，知道怎么样要求自己。另一种是小人，小人也不是说是坏人，当然也不是说是小孩，小人就是他的境界很小，见识很小、卑下局促。君子坦荡荡，君子很光明正大，有什么事儿都可以跟大家说，因为他没有什么可隐瞒的。小人长戚戚，小人就在乎他自己那点儿眼皮子底下的利益。君子求诸己，小人求诸人。君子遇到什么事儿，君子先想想是不是这个事我没干好，是不是我自己有句话说错了，是不是我有哪个事情没注意，而不是去怨天尤人，老去埋怨别人。君子喻于义，义就是道理，君子是讲道理的。小人喻于利，小人只注意自己这个口袋里那点小小的利益。君子矜而不争，君子有自己该有的高度，该有的尊严他是有的，但是我不跟谁争夺。你有你的尊严，你有你的成绩，我有我的成绩，我跟你争什么？君子群而不党，他这个党的意思就是指一个小圈子，君子不搞小圈子，而是团结大多数。君子还讲中庸之道，中庸之道是什么意思？中就是准确、正确，它同时还是中（zhòng），就是您这一枪打十环，这个庸就是正常。中庸就是既准确又正常，不夸大、不搅局。

然后底下讲一个稍微复杂的问题，就是儒学对天地人对世界对生死，甚至于对我们这个世界和终极的世界的看法。孔子的理论非常有意思。他说人应该有美德，这个美德是哪儿来的？是天生的。天生的是什么意思？就是说，人本身就具有大自然世界

（天和地）给你的一切，包括生命、精神、道德、性情。那么天是什么？天，第一是最伟大的存在，最高大上的存在，天是自然的代表了，天就是原生的自然。地是随着天来的，是人居住的地方，是人生存的依赖、基础与资源。人是有灵性的，有自己的追求和目的，有自己的头脑和思想，也有自己的道德自律。但是这三者是分不开的，人的天性是天给你的，天既是最伟大的存在，又是一切美德的象征，又是一切道理的象征，又是一切的终极关怀的象征。这个汉英词典上，天、苍穹就直接解释成 sky，天同时是什么？也译作 god，天就是上帝，孔子最好的学生颜回死了，孔子说天丧予！天丧予！说老天爷不想让我活呀，他表达他的痛苦。

所以你可以说它是最物质的东西，它又是一种信仰，可是这种信仰又不是信仰一个人格化的神。因为你要信仰一个人格化的人，就会产生很多麻烦。譬如说在欧洲中世纪的时候，神学曾经有很长时间的讨论，关于这个耶稣进不进洗手间。在小说里头还描写过这种争论。我们说天就不存在这个问题，它不是人，它也没有人格化，它也没有脑袋，没有眼睛，也没有脚丫子，这些问题都不存在，它就是最巨大的存在，又是一切美好的东西的代表。在孔子以前，周文王的时候，就有这个《周易》，《周易》说天的特点是什么？就是君子的特点，是自强不息。地的特点是什么？是厚德载物，那就是最美好的道德、最美好的规范，天地已经给你了。孔子还说，天何言哉，四时行焉，百物生焉，你什么话都不用说，它该有什么变化，就有什么变化。所以天是美德的象征，美德是天赐给你的。那么你没有美德，你变成了一个坏人，你做了很多坏事，说明你不但是一个没有道德的人，而且你是一个逆天之人。孟子说，人的善良的心早就有了，有恻隐之心同情别人，有羞恶之心，就是做了错事自己害臊，有恭敬之心，该恭敬什么就尊敬什么，又有是非之心，要分辨是非，这些都是天给你的。老子说，人法地，地法天，天法道，道法自然。法就是学习，人要按照地的情况办自己的事儿，地要按照天的情况来做它的运动，天根据这个总的规律和总的存在来进行运动。

中国人，在老百姓民间里边，有许许多多、各式各样的神，有管结婚的神，有管生小孩的神，有管出天花种牛痘的神，有管这个海上的风浪的神，台湾也特别尊敬妈祖，还有山神、树神、灶爷——管你厨房吃饭事情的神。儒学，不讨论这些老百姓的想法。你这么说说就说说，我也没有根据说你说的完全没有道理，所以我就不讨论。但是在大的天地、人的结合，就是人和人的结合、人和物质的结合，也是人和人心、大道的结合上，他从一来考虑一切，从一切来考虑一。郭沫若的诗里说，一的一切，一切的一，一实际指的是全部，切指的是一部分。一部分既是一又是一切，你一的力量在于你代表一切。

2006 年，我在美国旧金山的那个渔人码头上，看到了一个很大的商店，但是它已经关门了。我吃完晚饭以后，这个商店的名字就是 one is all，美国人也有这种说法，那么美国有那种 one dollar 的商店，就是你旧物放在那，不管大小，反正你给一个美元就可拿走。那个也就是 one is all。有一个美元，你就什么都可以买到。那么这里头更有趣的是什么？就是我们提出了一些很重要的词，天道就是天的最根本的规律，天命就是天的意志。天规定着的每个人的命运。天意就是天有没有一种意图，有没有对你好或者对你不好的这种安排。但是这里出来一个很大的词儿，天子就是皇帝，king 是天的儿子，这也并不奇怪。天子代表的是天意，所以天子才能够有这个权力。但是反过来说，可以产生一个有趣的现象。在中国呀，比如泰山有泰山的神，这个泰山的神是由天子去封禅的，天子到了那儿说这个泰山是神。历代的皇帝，好多人都去过泰山，因为泰山很雄伟很漂亮，然后由皇帝给泰山一个更伟大的、更值得敬畏的神性。

这就是天地人这三者是循环认同的，是互相认同的，是不可分的。另外儒家不仅仅有这么重大的一些观点，他更希望的是这些能成为一个规范，能够有一种教化的作用，就是我们最需要的人是什么人？是导师，是模范，孔子之伟大，就在于他又是导师，又是模范。这个德国的大学问家黑格尔，他有点看不上孔子。他说他读了孔子的书后，非常失望。他说孔子讲的都是一些常识性的问题，他甚至怀疑这个孔子是不是缺少抽象思维能力。但是黑格尔说错了，为什么？黑格尔是专家、学者，孔子又不是专家，又不是学者，孔子嘲笑自己说，我有什么专长，种地我不如老农，种菜我不如老圃，我赶车还凑合。如果你们一定问我专长是什么，那就是赶车吧。我开玩笑来说，孔子现在要填一个表的话，他就填特长是司机。但是孔子要做的，既不是专家，也不是学者，他要做的是什么？是圣人。圣人是什么意思，改变社会的风气，使整个的社会往好的方面发展。圣人是什么意思，是王者之师，就是刚才说的他是天子了，天子也需要老师，你就是天的儿子，你也需要老师，你是王者也好，你是大臣也好，也需要老师。孔子还是百姓之师，他的话要对百姓起作用。孔子在这个《论语》里说到的事儿多了，说到了治国平天下，说到了修身，说到了人对待各个方面应该是什么样的态度，他甚至于还说到人的脸上应该什么样的表情。孔子说把父母养活得很好，是不是就是孝道？那不见得，因为你家里养一个宠物，当然孔子那时候没用宠物这个词儿，他就说你家里你养一个动物，也可以把它养得很好。对待父母，你必须有很好的容色，容色就是你有很好的态度，你有很好的脸色。如果你觉得父母年岁很大了，这个生活能力低，给你找了很多麻烦，你显出不耐烦的情形来，那你就是不孝。所以孔子各方面都做表率。还描写孔子自个儿闲着的时候，他在家里头待着的时候，衣服仍然穿得很整齐。即使是自己一个人在家里待着，他也不会很懒惰，很懒散，很肮脏，很粗暴，很野蛮，嘴里说下流的话，他从来没有这种情绪，所以他是要做这样的人，要起这样的作用。

所以人们说如果没有孔子，我们中国几千年过去了，漫漫如长夜。孔子给我们带来光亮，让我们知道应该做一个好人，应该做一个文明的人，做一个有风度的人，做一个举止都恰当的人。儒家的命运也是很有意思的，它曾经成为主流，因为所有的皇帝都学儒家，所有的皇帝都请老师教儒学，皇帝隔着一两年、两三年还要带头写一篇论文，学习儒家的论文，包括清朝的非汉族的少数民族的皇帝也是这样的。所以儒学也大众化经典化。到了宋朝和明朝，这理学在国外都翻译成新儒学，它就有了更大的发展，但同时也不断地有对儒学的批评和怀疑。比如说李白就对这个儒学抱一个有保留的态度，因为李白太智慧了，太聪明太厉害了。他说鲁叟谈五经，就是鲁国，孔子的家乡了，现在的山东一带泰山那一带。他说那样的老头，给你讲诗书礼乐，头发都白了，还在那抠字眼儿。因为中国这个汉字很麻烦，古代的念法和你现在有的一样，有的有稀奇古怪的讲法，所以他说抠哧抠哧头

发就白了，但问你经济策，你要问他一点治国平天下的事，经济
在这里头指的不是我们现在说的经济，不是 economy。这经济它
实际上讲的叫经国济世，经国，就是管理国家，经营这个国家，
济就是帮助这个社会，就是治理国家与帮助社会。他说鲁叟整天
就在那抠字眼儿的，你真正问他点儿治国平天下的事，他就茫茫
然说不清楚，就跟掉到雾里头一样。那么后来到了《红楼梦》里
头，更是全面地表现儒学的这个危机。鲁迅也在他的作品里对儒
学说出一些批评的话来，这是因为 1840 年鸦片战争以后，中国
碰到了那么多的问题。这个时候你让孔子负责呀，这实际上是不
公平的。孔子只能说他的愿望、他的道理，他不可能替你预见到
两千五百年以后中国会碰到什么麻烦，清朝会碰到什么麻烦。

所以现在的关键就是儒学在今天还有没有意义？我现在说
仍然是有意义的，而且现在还是活在我们的头脑里。比如我们
强调精神文明，这个和孔子当年的思想是一样的。孔子说过，
你不修养自己的德行，你不提倡好好地学习，听到正确的东西
你不为之所动，你听到不好的事情，你又自己不去先改自己身
上不好的东西，这是我最忧愁的事情。这和我们今天一直强调
物质文明、精神文明两手抓，强调改变社会的风气，从严治党
一系列的说法，思想上是一致的。我们到现在也还是重视德，
我们在人员的使用、官员的选拔上也是强调德才兼备，以德为

先。再比如说又是一又是多，一应该代表多，多应该又有它的集中和统一。这个我们今天也还是要讲的。包括我们说人民就是江山，是说你的政权也好，你的权力也好，靠的是人民性，靠的是合道性，符合天道、符合人民的愿望。

在尚书上就已经开始提，苟日新、又日新、日日新。苟日新就是随便哪一天对一个人来说，都应该带来新的见解、新的进展、新的发展、新的进步；又日新，又过了一天又要追求新的；那么日日新，你永远是在发展的，《三国志》上很早就说识时务者为俊杰。这实际上就是说改革开放。用庄子的话说，叫与时俱化，就是你随着时间的变化，你会有各种调整，会有各种新的发现新的发明。

所以上个世纪七八十年代，许多社会主义国家都在进行不同程度的改革，包括西方有些大的政治家，他们对苏联和东欧的改革不知道会出现什么结果，相反他们都认为改革有可能成功的是中国。因为中国的文化有自己的适应性，有自己的向前发展变化的这个动力。用孔子的另一句话说，就是逝者如斯夫，不舍昼夜。一切东西都像大河一样，在那不断地流动着。孔子又提倡见贤思齐，就是你看到好东西你就要学。孔子提倡学而不厌，你总是要学习，诲人不倦，你自己学到的东西，还要教给别人，永远不感到疲倦，这都有改革开放的心理。

所以像中国这样强调学习的也并不多。我们曾经讲过要建设学习型政党，我们曾经说过我们是一个学习型社会。中国还有一句很有名的话，叫"摸着石头过河"，这就是说我们并不是一个将死的头脑，一个国家的发展是摸着石头过河，一个人的一生是摸着石头过河，我们在这儿录这个国际儒学讲座，这也是摸着石头过河，下次比这次怎样才能做得更好，这都要摸着石头过河。这种精神太好了，摸着石头过河呀，石头是什么？石头就是我们的传统，一个个的传统的石头都摆在那儿了，你要好好地利用它。

所以今天谈我们的传统，我们的目的不仅仅是为了知道过去，怀念过去。更重要的是，我们要让好的传统流传下来，能够丰富我们今天的精神资源，能够面对今天的各种挑战，有我们自己的信心，有我们自己的办法。到今天我们还要根据我们的传统、我们的老祖宗留下来的办法，摸着石头过河，过得越来越好。

（本文系 2023 年 4 月 27 日王蒙在国际儒联作的讲话）

"做人民的学生，在生活中深造"

很不好意思说是授课，我知道在座的有很多同行，很多至少是关心文学、爱好文学的朋友。所以我虽然要讲的是一个大的题目，就是说做人民的学生，然后加上一句话，在生活中深造。我就自己的创作和生活的几个节点、几个情况，跟大家交流一下，过去的词儿说交交心。

第一，我1953年在刚刚年满19岁以后开始写《青春万岁》。写《青春万岁》呢，我要说的话是激情和珍惜，还加两个字，骄傲。我当时有一种骄傲是什么呢？就是说虽然我年纪很轻，但是我也参与了旧中国结束，迎接了新中国的诞生。何向阳同志的一句话就是说你们这一代人的青春和共和国的青春是同节奏共振动的。恰恰如此，不是每一代年轻人都有这种机遇。所以《青春万岁》里对于革命的胜利、革命的凯歌、革命带来的新气象的描写是我自己激情的表现。同时我也充满了珍惜。因为我知道这种狂欢型革命胜利的激情不可能永远如此，我有义务把它写下来、记下来，把它作为我们这一代青年人的记忆，也作为我们中华人民共和国的早期记忆。《青春万岁》的序诗现在普及程度很大，电视上也好，网络上也好，青年学生的集会也好，著名演员的朗诵也好，著名的广播电视播音主持人的朗诵也好，不计其数。那么我个人自我解释一下，在《青春万岁》的序诗里边表现了对于这样一种新中国初见的日子的歌颂。新诗、旧诗，外国诗多了，专门歌颂日子的诗并不那么多。所以这个角度引起了很多人的兴趣。《青春万岁》，1953 年开始写，1954 年完成初稿送到了中国青年出版社审定。有的编辑认为这个稿子写得非常混乱，没有办法出版，用编辑出版的术语来说就是已经准备枪毙这部稿子了，但是主持文学书籍出版的把它送到了中国作家协会青年工作委员会副主任萧殷同志那里。一年后的 1955 年，萧殷同志找了我，说你这个艺术感觉非常好。你的问题是作为一个长篇小说缺乏一个主线。这里我就要插一句嘴，为什么我一上来就写长篇小说。所有的导师、长辈、作家都说你从小文章写起。可是我说我当时没有写小文章来表现这种大题目、大激情的能力。我不懂得从一个什么角度，或者经过什么样的剪裁，可以捕捉到什么样的灵感，可以写成一个既有激情又有机智的短篇小说。所以我写的是长篇小说。主线，我听了以后，简直要了我的命了，我的天呐，我上哪儿找这个主线呐？苍天呐，主线何在？就在这时候，救了我的是中苏友好协会。我在那听了肖斯塔科维奇的第七交响乐。我忽然明白了，主线在这儿了。这个音乐有个东西，它是连接着的，但是又不是死板的，不是单线条的，有时候有变奏，有时候忽然节奏紧了，有时候忽然又平平缓缓，有时候是在抒情，有时候是在呐喊。哎呀，我说这不就是主线吗？明白了，我也要有主线，我一定能找到这条主线。这是我对《青春万岁》的回忆。

第二，我是按出版的顺序，不是按写作的顺序回忆一下《活动变人形》。《活动变人形》写了我童年时期的记忆。写了一个一心追求现代化却又无一技之长，没有办法处理自己和原来的包办的封建婚姻的妻子之间的矛盾，那种家庭的痛苦。这样一种痛苦充满我的童年生活，也是我的痛苦，也是我的羞耻。因为我一想到家里发生的那些事情，真让人痛不欲生。但是从这个角度也是推动我从少年时代就渴望革命，渴望风暴，渴望一个翻天覆地的铁与血的斗争。我这样一个少年的选择，跟当时具体的处境是有关系的。这些生活、这些东西是我最熟悉的。我从来不写它，因为它太陈旧了，而且我不知道我写这些究竟是要说什么。但是我不写这些痛苦、这些压抑、这些不幸、这些绝望，我不甘心。我写的我是最受精神刺激的。只是第二章我写到那个静珍，是里边的男主人公的大姨子，就是他妻子的姐姐。她实际上是我的一个姨母的真实状况。她虚岁 18 岁结婚，19 岁守寡，守了一辈子寡。她每天早晨要梳妆打扮，用很老式的梳头匣子，拿出各种化妆品，一边梳妆打扮，一边自言自语。自言自语里可能是在背诵诗歌、诗词、唱词，可能是小声唱一些流行歌曲。还有一些就是怒骂，但是怒骂当中呢，她是在沉醉，她这个怒骂里头说你坏了良心，你死无葬身之地，你杀人不眨眼，你这样的人就应该死，她又一边画着眉毛，一边满嘴这些话。她很喜欢我，我就问她，姨妈，你说什么呢？你干什么呢？她说，我也不知道我在说什么，但是每天必须有这么一个功课，就像宗教信徒每天要祈祷一样。这是一些令人疯狂的故事。前年广东大剧院把这排演成了话剧，在各地的演出有很大的影响。即使我在写它的时候，我也不能完全说清楚我的主题是什么。当然我的主题是说封建社会，旧中国留下来的问题太多了，出现的问题太多了，旧中国混不下去了，必须有革命。经过这个话剧的演出，我越来越觉得，我这是对五四文学的一个补充。五四文学中一个很中心的东西就是提倡自由恋爱。有无数的作品都是表现自由恋爱带来的幸福、包办婚姻带来的痛苦，其中有些写得非常好、非常普及，家喻户晓。但是呢，我选择的不是我选择的，是我被选择的

261

这样一个家庭。他告诉我们自由恋爱，并不是你想自由恋爱就能自由恋爱的，自由恋爱也不一定就是好的。当然，封建包办更坏。它还告诉我们自由恋爱会使一些本身毫无责任的女性一下子变成了封建包办婚姻的罪恶的代表，变成封建婚姻在走向现代化的婚姻、自由的婚姻的时候所付出的代价。全国在追求自由恋爱，有些妇女的命运就被改写。她们的数量我不知道是按千万计还是上亿。我知道许多伟大的人物，许多学问高深的人物，他们的一生都曾经休过他们的无罪的妻子、无辜的妻子。我不是封建婚姻的维护者，我也没有权力、没有任何动机责备他们。但是我曾经有一个也许说起来不太合适的想法，我希望妇联能有个研究小组研究一下这些被休弃的妇女的命运。甚至于我愿意在我的心里头为她们修一个纪念碑，这样一个思想一直纠缠着我，一直到我近年来写的《笑的风》里，这个调子又出现了。《笑的风》的具体情节我就不解释了。

第三个我要解释的作品也是和今天的主题最贴题的作品，是《这边风景》。1963年我当时在北京师范学院，现首都师范大学任教，分了房子，生活稳定，但是我确实还想着创作。我想着的是我的生活的经验太狭窄，除了婴儿时期在河北省南皮县待过三个月以外，其他时间都是在北京。出去旅行，最远的到过太原，其次到过天津。而1963年呢，我恰巧又有机会参加中国文联举办的一个读书会。这个读书会呢，是以反修为主题的。各地都有文联的一些负责同志来参加这个读书会。我就起意要到外地去，最后决定到新疆去。我毅然决然把爱人、孩子全部带到了新疆。各位，虽然我 1958 年在这个运动后期曾经有过曲折的经历。但是我也顺便说一下，我仍然受到了许多老领导、老同志在当时情况下的最大的爱护。我去新疆的时候拿着的是北京团市委书记张进霖写给新疆维吾尔自治区党委副秘书长牛其义的信。我是拿着领导的信到的新疆，很快跟随武光第一副书记、副主席走遍了整个南疆。然后又在莎车，在叶尔羌河河岸得到了新疆维吾尔自治区党委文教书记林渤民同志的关照。林渤民同志说，第一，希望你要下去。其实我当时已经下去了，因为我去完了莎车以后我就到麦盖提蹲点去了。第二，你要学维语。深入生活是跟生活搞恋爱，一个人很难带着翻译搞恋爱。我记住了林渤民同志的话。然后在 1965 年，当时已经是"文革"的前期。根据种种的情况，林渤民同志又做出一个安排。关系还在自治区文联，但是把我安排到伊犁哈萨克自治州伊宁县巴彦岱红旗人民公社任第二大队的副大队长。现在来说就是副村长。我到了那里，五六个月以后已经可以在生产队与生产大队的会议上用维吾尔语发言，当年的冬天，我已经进入了读维吾尔语书籍的高潮，读了几十本书。这些书有很多是新疆出版的，还有在民族出版社出版的，也还有大量的书是苏联出版的。苏联出版的用阿拉伯字母，现在新疆仍然使用着阿拉伯字母，或者是斯拉夫字母书写的维吾尔语或乌兹别克语。因为这两种语言的接近程度就像北京话和天津话一样。

我确实做到了和各民族的农民在一起，同吃同住同劳动。我也从各种不同的文化中得到了教育，得到了感染。一件很小的事情使我取得了村民们的喜爱。因为我住进一个四平方米的只有一个土炕的小屋里头，我自己买的毡子放在上边，躺在上头睡觉。然后不久两只燕子飞到我这里，因为那个门本身就不严实，留了很大的空子。燕子在我的屋里筑起了巢。农民们就说来了一个善人，来了一个好人，起码他是不糟践燕子的。我和两只燕子共同生活了五个月。五个月以后，家属们就都来了，维吾尔族的农民有许多不同的文化。他们的情歌唱得太感人了。我在伊宁市的家到了冬天拉煤炭，是一个非常艰苦的活，有那么几个点，在煤矿附近。所以都是由这个马车去拉，在乌鲁木齐的话是汽车拉，在伊犁都是马车拉。马车夫经常是夜里头喝完酒，唱着歌，赶着这个车走了。然后夜两点左右就在那儿开始排队。如果他不是半夜里就去，而是早晨去，他根本拉不上，那当天能够卖给你的煤就都断了。所以维吾尔语有个话说，车夫就是苦夫，就是说他是受苦的人。这些车夫每次在去拉车以前就在伊宁市的大街上，唱起了黑黑的洋眼睛。我写过一篇散文里边提到一双黑眼睛，双泪落君前。新疆的另一位民族朋友就说，我看了你的这个题目，我立刻泪就流下来了。我还不知道说过多少次新疆各族人民对我恩重如山，我在新疆生活得非常快乐，在那个时代，在"文革"当中我估计是最快乐的作家。在那个时候我和各族的农民一起劳动，一起工作。我还分管水利，我可以骑上一匹马牵上十匹八匹马，连骡子都在里头，连续走一个星期。在哈萨克的牧区里头办事活动，这个经验也写在我的小说里边。当然，新疆的文化里头也有着极严厉的、极严峻的政治背景。我最感兴趣的就是一九六几年发生的一批边民外逃。在当时，因为中国和苏联的关系已经非常恶劣了。我们的反修斗争非常尖锐，而你要了解这个反修斗争你就必须了解新疆许许多多其他的内容、其他的背景。所以我觉得我在那儿学习到了许多东西。

我还觉着人处于逆境时候，是他学习的最佳时机，因为他心情比较踏实，你只要能够好好地学习，你就不怕任何逆境。一直到后来改革开放当中我到各国访问的时候，都有人问我说：你在新疆待 16 年，你在那儿干什么呢？他说，如果是我的话，你这种处境跑到新疆待 16 年，我只有两个可能，一个是 kill，一个是 be crazy。一个是自杀，一个是发疯。我说，你这个不是什么好的主意。我说，我是新疆的维吾尔语博士后，预科 3 年，本科 5 年，硕士 3 年，博士 3 年，然后又博士后 2 年，正好 16 年。我确实认为这是一个很好的机会。同时这个期间我写了《这边风景》，写这个《这边风景》也很有意思。因为那个时候我们是在新疆，我已经在农村。回到了乌鲁木齐，上了五七干校。并且在五七干校，自治区文联，当时称作一连连队的编制。在一连担任了要职，炊事班副班长，赢得了一定的威信。然后我回去以后这个文联呢，还挺紧张，要求每人每天按时上班打卡，当时虽然没有卡，但是要填写几点到。可是我要写作，我就找了非常吃得开的一位新疆维吾尔人，我把他请到家里来，喝了点小酒，然后我说我现在开始写小说了。你得跟领导说一下，我不能够每天早晨去打卡。他立刻就答应了，但是临走的时候告诉我说你今天炒的这个菜，还是不错的，但是你拿的那个酒，人是不能喝的。那是因为我给他拿出来的是桂林三花酒，里边有中药。不管他对我的酒抱什么样的批评，但是他很快就给我办好了。我就可以踏踏实实地写作，写《这边风景》。而且我这个人正因为在逆境当中锻炼了，自个儿什么毛病都没有。我写作照样可以完成家务的招待。夫人上班以前告诉我，你在这儿写作，40 分钟之后那锅得揭开，然后你才能接着写作。我说很好，我一定可以做到。我前后略有参差五分到十分钟完成这些任务。而且我一写就写了 70

多万字，分上下两册。这个写 70 万字，又和我当年写《青春万岁》的时候的感觉一样。就是我必须写长篇。什么原因？因为是"文革"当中。"文革"当中，你要写真实的生活是完全不可能的。但同时呢总有一些即使在"文革"的时候也合乎时宜的说法，某些语言。它整个的是生活，整个的是我们不熟悉的生活，整个的是极有趣味的、极有特色的生活。写的是极有趣味的故事，是极为动人的人物，我追求的是这个，当然做到了多少，那是另外的问题。

所以即使是在"文革"的情况下，即使是戴着镣铐跳舞也还要舞出点玩意儿来。命运要靠生活。有时候某些观念、某些概念限制了你生活。但是又有些时候你写得生动的生活在客观上、在事实上已经对那些太牵强的概念做了某些修正、某些淡化。你拥有的天赋越大，你就越有跳舞的余地，你要写一个短篇 3000 字，那 3000 字里头你必须使用的就得占 2000 字，你那 1000 字怎么写呢？所以《这边风景》的写作也是提供了很特殊情况下的写作经验，而且这个作品是我写完了 40 年以后才发表的。现在这个作品已经翻译成了韩语、俄语、突厥语、阿拉伯语、吉尔吉斯语、波兰语等好多不同的语言。阿拉伯语的译者是一位女士，叫米拉，她因为翻译这本书得到了埃及国家翻译中心青年翻译奖一等奖。而且她称这部小说是维吾尔生活的细密画，细密画是波斯的一种画风。它称之为详细的现实主义和生活的细密画。而在中央电视台的节目里，曾经称这个小说是那个时代伊犁的《清明上河图》。这个小说给我的鼓励，或者说给我的经验就是生活，生活底子越踏实越好，有一种对生活的忠实，有一种对生活的理解，有一种对生活经验的寄存。

那么最后呢，我乐意说一说最近十多年我的中长篇、小长篇的作品。我曾经在20世纪末开始发表我的几个回忆录、自传。我是在花城出版社出版的，写了三部。我当时还宣布写完这三部自传以后我就搁笔了，因为我估计写完就70多岁了。然后这个期间我并没有搁笔，而是被一些出版界的朋友鼓动去写，最早写的是对老子的学习心得，然后是对庄子的学习心得。之后是关于《论语》，关于《孟子》，关于列子，关于荀子。我也很信奉这样的话，就是说青春作赋，皓首穷经，我自己还美不滋儿地写诗。青春作赋赋犹浓。这个赋还是浓密的浓，还有相当大的密度，皓首穷经勤更鸣。可是就在这时候，我又写起小说来了，而且我觉得写小说的那种心情，那种亢奋，那种敏感，那种快乐，那种畅想，那种无边无际的可能性，那种把各种感情、各种思想、各种经验，你真实的经验、想象的经验、幻想的经验、幻梦的经验，都可以写进去，都可以抡圆了，都可以欲擒故纵，纵横捭阖，不是政治手腕的纵横捭阖，而是写小说的纵横捭阖。那种快乐是无与伦比的。

我说过，我写小说，每一个细胞都在跳跃，每一根神经都在抖擞。我的这近十年，基本上是在耄耋之年，因为按中国的虚岁计算我现在已经不是耄耋之年了，是鲐背之年了。我耄耋之年的作品，又有一种对文学的爱、对生命的爱、对生活的爱、对国家的爱，我觉得我现在写起来仍然是那样精力充沛。

现在呢，年龄毕竟是不饶人的，我现在即使戴上助听器，听觉也并不好。但是我要在这儿吹牛了，就是我现在真写起小说来，我没感觉到我跟过去有多大的不同，仍然是这个左冲右突，前前后后，要怎么转悠就怎么转悠，其乐无穷。我觉得我很幸福。因为我从小参加了革命，因为我很早就有了人生的经验，党内生活的经验，工作的经验，对敌斗争的经验，也有劳动的经验，身处逆境的经验，自学的经验，好好读书的经验，好好检讨改正自己的缺点错误的经验。这个有朋友跟我说，说第一你虽然处境上上下下有各种情况，但是你什么都没耽误，这我就不解释了。第二，有人说我们在一起常常议论时间到哪儿去了呢？这时候我们看见了你，我们议论，这家伙时间哪来的呢？

我在有生之年，能写一天我就写一天，能写一个小时，我就写一个小时。我愿意对文学，对写作，对小说创作，做我力所能及的一切，谢谢大家。

（本文系2023年5月22日王蒙在中国作家协会"作家活动周"暨中国作家"益阳文化周"开幕式上的演讲）

文学的力量

大家好，我刚从新疆回来，我是 12 号到喀什，14 号到麦盖提，16 号到和田，18 号到乌鲁木齐，21 号从那儿到了长沙。然后是前天刚回来，在这儿又见到新疆班，我就觉得我始终和新疆在一起。而且一说新疆我就进入一种亢奋状态，就觉得是特别有意思的一件事，所以今天在这儿能见到大家非常高兴。

我现在问一下，在座的人里能听得懂维吾尔语的人，请举手。我还有说维吾尔语的瘾，如果我不断地带出维吾尔语来的话，请大家原谅。

我要说的是文学的力量，文学的力量首先是一个吸引的力量，凝聚的力量，让你看下去的力量。当然这里边儿更重要的是感动的力量。但是文学史上也有很多关于文学的力量具体化的佳话故事，我现在举一些例子，比如说文天祥的《正气歌》。正气歌既是他的绝命词，也是他的烈士宣言，本身是用文学的形式表现出来的。曹植的《七步诗》，就是把他自己的命运，比喻为像这个豆秆被当柴火烧了一样。结果这个曹丕要杀曹植就没有杀，可以起死回生。陈毅的《梅岭三章》，在壮烈的诗里是你很难见到陈毅这样的诗。断头今日意如何？今天我要牺牲在这儿了，怎么样呢？创业艰难百战多，革命从头做起，从零做起，是在你没有发动革命以前，这个地方革命的形势失灵，此去泉台招旧部，死了以后到地下另外一个世界，把我原来的部署我的下级军官军人召集起来，旌旗十万斩阎罗，还要继续，就是死了也得革命。

　　说远一点。我非常喜欢一种对文学的起源的说法就是阿拉伯世界，这个《一千零一夜》，这个大的掌权者，又是宗教的首领，由于后宫对他的不忠，他痛恨女性，他就下令每天要娶一个媳妇，第二天早晨杀掉。当然这是夸张的故事，但是这故事也很有意思。这个大臣的女儿，就说女人被他杀得已经差不多了，没人可找了，我去嫁给他好了。这个女儿叫舍赫拉查达。俄罗斯的实力派作曲家里姆斯基-柯萨科夫曾经以这个题材写过交响诗，就叫舍赫拉查达曲。她嫁给他以后呢？把他的妹妹叫上，晚上给他妹妹讲故事。那个大的掌权者就在听，一直讲到第二天早晨不讲了。平常这个时候要杀人的，但他说你接着讲，她说不，你该杀我头了。他说那好今天不杀，我听完了再杀。然后讲了一千零一夜。他最后觉得不能再杀人了，就不杀了。文学居然战胜了暴君，文学居然扭转了生死的命运。

波斯的大诗人、科学家、数学家、历法学家莪默·伽亚谟，他有两首，郭沫若把这个翻成鲁拜。有两首鲁拜。其中一个是说我们是世界的期待与果实，如果整个的宇宙就好比一个戒指，那么我们就是镶在上面的那个眼睛。太牛了。他是赛过李白了。李白也有非常牛的词，天生我才必有用，千金散尽还复来。长风万里送秋雁，对此可以酣高楼。

文学的力量是世界的力量。自然的力量是生命的力量、生活的力量，是人的精神能力、精神能动性的体现，有文学的力量，世界的力量是什么意思呢？世界的这个构造，这个运行，这个存在也太伟大了。银河系，外银河系，太阳系，地球行星卫星，春夏秋冬，生物矿木，山河大地，日月经天，生老病死，这是多么伟大的一个存在。但是你怎么体会它的伟大呢？有文学和没有文学，你对世界的认识是不一样的。大自然也是我们所歌颂的，大自然里头包含了这么多我们至今不能完全弄清楚，但是又影响着我们、感动着我们、挑战着我们、服务了我们的力量，这种力量我们也只有在文学当中能够有所体会、有所感应，而且能够尽情地把它表达出来，它是生命的力量。在文学里头，我们听到了人的生命的呼声，我们感受到了生命的脉动，我们感受到了生命的欲望，也感受到了生命的理想。在文学当中，我们感知了生活的多样性，我们得到了未知的生活的信息的补充。在文学当中，我们增加了生活的各种滋味，我们在文学当中感到人的精神能力，包括思维能力、认识能力、观察能力、感觉能力、感受能力，想象能力，是幻想能力、分析能力、记忆能力、综合能力，人的精神的各种能力，你把它放在文学上，都是用得着的，都是看得出来的。阅读文学书籍的结果，使我们的精神能力有了很大的提升。

文学表现了精神能动性的一个方面。人活在世界上，如果和万物相比，和宇宙相比，你是非常渺小的。你所能够存活的时间或者不满百年，或者百年左右，略过百年的很少了，这个时间也是非常短促的，跟地球的历史比较，和银河系的历史比较都是短促的。但是文学呢，把这个最短促的生活赋能了，给生活加了滋味，给生活加了佐料，给生活灌输了一个灵魂，使我们的生活有了灵气灵魂，有了爱、愿望、遗憾、悲伤、痛苦、绝望、失望，更给了无限的希望。

关于文学的力量，我举两个例子。一个是俄国的大作家托尔斯泰写的《安娜·卡列尼娜》，据说他写的缘起是因为他在报纸上看到的一个消息。就是有一位美妇人由于自己生活的不严谨，按中国的说法就是由于作风的轻浮陷入了感情的矛盾自杀了。托尔斯泰的伟大不用说了，列宁说他是俄国革命的镜子。但同时呢又说他是一个宗教狂。他大量的作品里鼓吹人回到宗教的原教旨主义。所以托尔斯泰写这个《安娜·卡列尼娜》的时候是想宣扬一种基督教的道德，是想批评忏悔，替她忏悔，一个美丽女性的不严谨，没有严格律己。但是他写的结果是安娜·卡列尼娜成为俄罗斯的女神，成为俄罗斯最美丽、最真情、最迷人的女性的象征。这就是我说的一句什么话呢？文学的力量超过了作家的力量、世界的力量、生命的力量、生活的力量、人性的力量，超过了作家的预计，超过了作家的预设，文设胜过人设了。这是很有意思的一件事。

契诃夫有一个很短的小说，叫《宝贝儿》。《宝贝儿》是写什么呢？他本来好像写一个人，他不是一个什么事都能很坚持的人，而是一个随着疾病理论的变化不断变化的人，我已经记不太清这内容了，我说的已经不见得是他的原文了，我最近也没看。写这么一个很天真的女孩，这女孩比如小时候最崇拜她爸爸，哎呦就心疼她爸爸，跟着她爸爸，后来以后是崇拜她老师，哎呦又跟着她的老师，后来结婚了，就跟着丈夫，丈夫走了或者死了，又换了一个，又跟着这个，后来又有了孩子，这全部的心灵都放在她孩子身上，那孩子又怎么样了，又放到另外一个什么上头。按契诃夫的笔法好像是写一个没有什么主意，也没有多少内涵的这么一个随着命运不断变的一个孩子。可是看完了以后呢，所有的人的评论就说她是一个爱神。她没有爱活不下去。她天天都爱别人，她爱她爸爸，她爸爸死了，那就爱另一个人，她爱她丈夫，她丈夫把她抛弃了，还有儿子，儿子没有了，还有个侄子，侄子没有了，还有个街坊。她永远把她的心放在她所爱的人身上。这也是生命生活，一种精神的力量推动了文学，改变着作家，作家在写作的过程中，他发生了改变，发生了被文学写了的情况。

我写过不少长篇小说，但短篇和中篇小说写得更多。我曾经有一次跟余华聊天，我说过写短篇小说是我写文学作品，写长篇小说是文学写我，是文学在管着我。写一个长篇小说的时候，你要把你的所有的有关这个题材的经验技艺触发联想全放在里边。他推着你走。你觉得还不过瘾，还得这边再加些，写了这边又觉得那个得重新塑造。它在不断地推着你，不断地折磨着你，不断地鼓舞着你，不断地在提醒着你还有这个内容，还有那个内容，所以是它在写你。你真正写起来了，你到底对世界接触了多少，认识了多少，体会了多少，动情了多少，都在考验着你。你写到一个最重要的地方，你恰恰写不好，因为在这个最重要的地方你没有感情记忆，没有感情经验。你写起来你激动不起来，马上就把你这个弱点暴露出来了，最该写的这一段你写不好，你改了一遍还改不好，又改了一遍还改不好，是它在写你。而写短篇小说或者在写比较短的诗的时候，你常常感觉到是你的机智把它处理成了这个样子。因为人生那么多事，哪有那么短就能写出一点东西来的，哪有说是两三千字，最多一两万字就能写出东西来的。但是你找的这个角度好，你设计的这个细节好，你设计的这个核心故事好，你设计的这几句话特别好，就完全不一样了。

我举《安娜·卡列尼娜》和《宝贝儿》的例子说明我们在写这个世界的时候，世界正在考验我们自己，正在推动我们自己，正在丰富我们自己，也正在催促和责备我们自己。你在写作的时候其实心里很明白你的弱点在哪儿，你的强项在哪儿，你的哪一段写得可以够 110 分，哪一段不能没有，但是只够 64 分，还有其中几句话只够 50 分。你心里头是明白的，如果连这个都不明白，说明你作为一个写作人来说差点。

文学比作家还有力量。我们想一想一个作家和任何普通人一样，有高兴的时候，有不高兴的时候，有做什么事是富富有余充满自信的时候，也有受到挫折感到困难的时候，有怀疑自己的时候，也有为一件零碎的小事儿、日常的小事儿、衣食住行的事情、吃喝拉撒睡的事情而焦虑担忧不放心、失眠的时候，也有为别人的一个态度、一句话而感到不快、不能释然的时候。但是你写了作品以后，这个作品的内容，它本身有延伸的能力，有发展的能力。以至于写到了自己为之产生某种赞叹、某种骄傲、某种满足的心情的可能。有时候自己的写作阅读的效果超出了自己的预计，这就是文学把你写好了，而不是你把文学写好了。我随便举一个例子。1956年上半年春天我写的《组织部来了个年轻人》，后来引起了全国的热烈讨论。里边有一个情节，是那个主人公林震和另外一位在区委工作的女同志赵慧文，俩人在这个聊天还吃荸荠，听音乐。然后出来以后，那个季节应该是六月初，就是槐树开花的时候。林震就有一句话，说你闻到小槐花的香气了吗？他比桃花李花浓郁，比牡丹清雅。我写了这么几句，我很喜欢槐花的那个香味。后来，我特别佩服的一个作家兼评论家，写文章对这个小说有所批评，这个我是很欢迎他批评的。他批评说这个林震呢，用这个桃李比喻普通人。用牡丹比喻权贵和 VIP，当时没有 VIP 这个词了，所以它表达了一种小资产阶级知识分子又看不起工农，又看不起权贵的孤芳自赏的情绪。哎哟，我看完了以后我服得都趴下了，因为我做梦也梦不见我的这句话有这么丰富的内容，这么伟大的内容，这么强烈的小资产阶级呀，我还觉得这说得真好，还没准儿是真的，可是我自己都没有认识到。但是写作当中呢你藏不住，你掖不住，你一听人家高明的人给你分析，你除了跪在底下磕头以外，你没别的选择。我觉得这个就是他超出了作者本人的可能性。所以有时候文学超过了你自己，你在文学上写到了的并不等于你已经完全理解清了，甚至是完全做到了，但是你有这样一个倾向，你追求这个东西，这当然还是很好的事。

这个文学的力量，精神的力量还包括什么呢？包括命名的能力。我觉得这个命名非常重要，世界上很多事儿是靠命名来理解，靠命名来生活的。你命名以后，你就理解这个生活了。比如说月亮，你最早的时候见着月亮什么感觉都没有。后来人家告诉你这是月亮，你觉得沾点边了，这是月亮。我告诉各位，我这辈子看的第一本书是我七岁的时候看的，而且当时还是在敌伪时期，是在日军统治北京的情况下，有一本书叫《小学生模范作文选》，选的是小学生的文章，第一篇就叫月夜或者秋夜。这篇文章的第一句话是什么呢？皎洁的月儿从天上升起。我一看非常激动，因为我不知道这个月光应该怎么形容，我觉得叫皎洁太好了。我从看完那个以后，我对月亮的认识我觉着一下子就提升了，我走到胡同里头，一抬头，哎哟，皎洁，这就是皎洁，看到水里头有一个，哎，皎洁在这儿呢。世界就是这样由陌生变得亲近，你的认知能力就是这样提高的。

不但要有命名的能力，还要有修辞的能力。各种命名当中有好有差，修辞的能力太重要了。譬如说节日，这就是对日子的修辞。我是对日子最敏感的，所以《青春万岁》的序诗是所有的日子，我写这个日子。那首诗不能说写得多么好，但是以日子为中心到现在为止，我还没看到有别人用一首诗来歌颂日子。而节日使日子得到了修辞。中秋节，又中又秋，非常好听。维吾尔语说中秋节是西瓜节，没有中秋节那个韵味儿。但是很朴实，很实在，可是你要设想一下呢，确实不仅仅是个西瓜节，中秋节还有嫦娥，所以它是经过了修辞。春节北方吃饺子，因为饺子像元宝，南方吃年糕，因为年年高也很好听。但是春节的名字还是好听的，过大年这名字也很好听。你如果不说是过年，不说是春节，说是咱们到了吃饺子的日子了，这一下子就又不行了，说法跟说法是不一样的。我们能够修辞，能够观察，能够体贴。

文学提高了人类的认知能力和对于生活、世界、天地的热爱。杜甫的诗里边说，细雨鱼儿出，微风燕子斜。你就会感觉到这个大诗人，他怎么对雨也体贴得这么亲呢？就跟体贴他的情人一样，就跟体贴他的妈妈一样，就跟体贴他的女儿一样。把生活能够体贴得这么细致的人，他过这一辈子和另外一位只知道抠钱、或者只知道升官、或者是只知道满足生理欲望的人来说，相差是如何之多？王维对自然的观察又是一种新的方式，不在于体贴之细，而在于概括之深。他说大漠孤烟直，长河落日圆。这完全是几何学的脑子，孤烟直这就变成俩直角了，长河是一道直线，落日圆时是切线，这地平线变成了落日的切线，因为它必须是在它将要落下去的最后那一分钟，那一秒钟。因为过这一秒钟它就不可能是圆的了，就缺一小块了。肖洛霍夫的《静静的顿河》里他写这么一个哥萨克人，一个中农出身的一个男性，一个勇敢刚毅英俊的男性，一会儿投降红军，一会儿又当了白军。写到最后他要离开这个白军了，他彻底认清了白军是没有出路的，他带着他的情妇阿克西尼亚骑着马从白军军营里头逃跑，白军的士兵一枪把他的情人打死了，就死在他的怀里。他骑着马抖了一下，看了一下阿克西尼亚，这时候他一抬头，看到了一轮黑色的太阳。写的太精致了，太伟大了呀，看到黑色的太阳不是绝对不可能的。我就看到过类似黑色的太阳，就是当你这个脑部的血液供应出了某些问题的时候，我至少看到过褐色的太阳。但是我是喝多了，有一天中午也是在新疆，在伊犁的时候喝得太多了，这一出门我走着走着就不稳了，我手就扶着树，这时候回头一看太阳也是褐色的。所以肖洛霍夫的这样一种描写，它实际上是有他的经验打基础的，但是他对人生体贴得太深了，冲他的这样一个描写，他简直不得了。所以这也是一种所谓思维的能力。

　　我们还要讲人的一种审美能力与审美的追求。这也是一种精神能力，因为有的人的精神能力只能就事论事。比如说喝水就是喝水，水就是水，饭就是饭，人就是人，再没有别的更进一步的认识。但是对美的追求就不一样了，在有的人的眼睛里，生活里充满了美的元素。即使那些丑恶的东西，他在所谓审丑，在否定这些丑的东西的时候，也是在向往美的元素。所以我常常给自己提一个问题，是爱情创造了爱情文学爱情诗，还是文学爱情诗创造了爱情呢？当然唯物论说这个很简单，当然是有了爱情才有爱情的文学。但是你具体地分析起来很难说有了爱情，中国长久就没有爱情这个词。中国有情。请注意，《牡丹亭》也好，《西厢记》也好，或者《红楼梦》也好，大致谈情，他不往上加这个爱字，他觉得加上太肉麻，不正经，加上爱字不适宜，微黄了，可能有这种想法，中国旧社会的时候那种，所以中国很少用爱情这个字，他最多用到一个情，五四以后才有，才把这个 love 翻译成爱情。有了爱情以后男女的相爱，相吸引，一下子就增加了许多美丽，增加了许多诗歌的美丽，有女怀春，吉士诱之，都显得好听多了。很多的说法都变得高雅多了，而如果没有爱情的文学，那么男女之情也可能就变成了低俗。

我每次读这个《阿Q正传》，我最遗憾的还不在于阿Q革命，他要革命没革成，后来被枪毙了。这个阿Q要革命也够呛，因为根据他那思想水平，他要万一革命成功了以后，中纪委这关他也过不去，早晚他得进监狱，因为他就是想着要过地主阶级的生活，他非贪污不可。我最遗憾的是什么呢？是阿Q的爱情的失败，因为有一个吴妈是小寡妇，大夏天一个晚上，阿Q忽然给吴妈就跪上了，说吴妈我要和你困觉，这吴妈一下子吓坏了。大哭要上吊，受到了这种侮辱，定性为性骚扰，然后这赵太爷扣他工资，本来就是要剥削他，借这机会工钱都不给了。可是，阿Q要是多少有一点文学的修养，如果阿Q读过徐志摩的诗，他应该说："我是天空里的一片云，偶而投影在你的波心，你记得也好，最好你忘记，在这交会时互放的光亮。你我相遇在黑夜的海上，你有你的，我有我的方向。"他这样一说吴妈一听，这么文雅呀，多好听，听不明白，这人说话可真好听，哎呀，还没听过这么好听的话呢。吴妈文学修养差一点，至少他可以唱月亮代表我的心，这样事就成了，阿Q的幸福生活就到来了，但是阿Q太没有文学修养了，也没有机会到鲁迅文学院接受培训，所以才造成了这样的苦恼。所以文学创造了美，当然这个美是从生活中来的，但是它反过来美化人生，提高了人生。但是人生当中常常也有很俗的一面，所以这个美又跟俗并不是截然对立的。

文学的能力还有形象思维的能力。比如说你安排一个情节，这是非常有意思的事儿。你必须合乎逻辑，这样才能够上下连贯。你必须不完全合乎逻辑，这样才能出人意表，才能有吸引力，把可能性最小的事儿突然变成了现实。譬如说既要有描绘背景的能力，又要有很生动的形象思维的头脑。你得有结构的能力，你怎么写，70年前，1953年我动笔写《青春万岁》，1954年我完成第一稿，送到了中国青年出版社，然后经过了一年的时间，到了1956年初，这个老作家，我的恩师，中国作家协会青年工作委员会的副主任萧殷同志告诉我，你的艺术感觉很好，但是你作为一个长篇小说缺少一条主线，这个结构不行。什么叫主线呢？我的妈呀，上哪儿找主线呢？我简直是叫天天不应，叫地地不灵。主线呢，你在哪里？你再不来，我准备跳河了，当时是这种心情。就在这个时候，当时的中苏友好协会总会在北京的南池子举行唱片音乐会，礼拜天我到那儿去听肖斯塔科维奇的第七交响乐，就是列宁格勒交响曲。我听着听着忽然就明白了，这交响乐就有个主线呢，它好像老是似有似无的一个主调在那儿连接着，它也是一个时间的艺术，你在听的过程中来欣赏这个美，它又有变奏，又有旁支，又有伴奏，但是它始终有这么一条主线在那儿。我一下子就明白了，所以这个结构的能力也不得了。有些推理小说，那也是很了不起的作品呢，福尔摩斯侦探案那也是很了不起的作品，靠的就是结构。所以为什么现在的青年说什么不要剧透，他不能剧透，但是如果你不是以情节取胜，你就不怕剧透。我曾经说过《红楼梦》最大的特点就是你永远看不完。你任何时候都可以重新拿起来看。情节全知道了也没关系，这有什么关系？你要看的是他那具体的描写，就跟听戏一样。中国的戏曲关键在表演，不在剧情，剧情甚至有点不甚合理，问题不太大。只要你演得好，人家看的是角儿。所以他有各种各样的不同推理的能力、结构的能力、思维的能力。

我顺便说一下，在各种意识形式中直观是一切艺术的根本特点形式。相比最不直观的是文学。因为文学是语言的艺术，语言是符号，是把直观的视觉、听觉、嗅觉、味觉、触觉的东西都变成了语言文字来转述。这个文学的受众一般情况下，你比不上电视剧。一个电视剧收看的可能是一百万二百万一千万上亿。文学呢，有少数特别畅销的书。余华的书、麦家的书卖得好，但是大多数作家的书卖得少得多。但是语言是思维的符号，在文学的接受过程中，人的思维的强度、人的思维的敏锐度超过你看任何其他的艺术作品。

你靠读书获得的艺术感受，你的思维能力还是显得强一点，学问深一点。其他艺术形式各有各的特点，没有高下之分，但是在直接刺激你的思维能力、发展你的思维能力上赶不上文学。音乐非常伟大，绘画非常伟大，戏剧更加伟大，杂技也非常了不起，那个惊人，不光是精神能力，而且是身体的能力、四肢的能力都达到了最高峰，但是文学的地位永远改变不了。

刚才我还举了一些形象思维的能力。比如说月黑杀人夜，风高放火天。这什么意思？这里不是要号召人民当土匪，但是呢，这也是一种形象思维。他把杀人和月亮不亮联系起来。在《红楼梦》里，宝玉的玉，黛玉的泪，潇湘馆的竹子，王熙凤的响动都是形象思维的范例。还有想象力，庄子的鲲鹏展翅，列子的愚公移山，夸父追日，山海经的精卫填海、刑天舞干戚等，都说明人的想象力可以达到什么样的程度。今年以来，刘慈欣先生的科幻著作也引起了我的高度兴趣，他的这种想象能力也是值得我们大家学习的。

文学的力量，很大程度上是依靠语言的力量。语言是符号，是表达内容的，但是符号构成了一个自己的世界。尤其是汉语和汉字，因为汉字是综合性的，它提供的信息不仅仅是发音，不像拼音文字那样，它提供的有形象、有象形、有图画之美，有结果，有人言为信，止戈为武，有判断。而且有它特殊的整齐，它表音、表意、表形、表里，这种语言和文字具有音乐性、突破经验性，它是符号，但是符号能突破你的经验。我们看到的一切都是有限，但是在语言文字里，根据构造反义词的规则，我们可以想出一个无限来。无限只能在语言和符号里有，不能靠视觉、听觉、味觉、嗅觉、触觉来获取无限的经验。在所有我们的眼鼻口身耳里边儿所接触的都是具体，但是根据构词的文语法我们懂得了具体，我们就想到了另一个概念，抽象。你给我拿个抽象来看看，我看不懂，我也不知道，你也没有可能。因此语言突破经验的范畴，它提供了许许多多经验里不可能获得的东西，这些正是文学的追求。

文学毫无疑问是生活的反映，生活是文学的源泉，人民是文学的源泉，但是我们的反映又不仅仅限于镜像式的反映，而是要有各种突破。语言本身构成了一个世界。它具有音乐性。诗词里边都是音乐，原来都是带唱的。有抽象性的结果，它就出现了神性，就是你所热烈追求的终极性的东西，你在现实生活里头永远不可能100%地做到，但是在语言和文字里头，你可以心向往之。你可以写得人人掉泪，个个击掌，顿足兴叹，或者是鼓掌庆贺。它有结构性，语言有各种结构，有正着说的，有反着说的，有故意给你往深里说的，有深入浅出的，还有游戏性，语言本身变成游戏了，例子很多，绕口令是游戏，快板也是游戏，音同字不同也是游戏，暗号有时候也变成游戏，密码也可以变成游戏。

这个我顺便介绍一个侯宝林的相声。他有一句，就吃葡萄不吐葡萄皮，不吃葡萄倒吐葡萄皮，他是练习这个口齿的。他就是为了练这个，这是一个游戏。但是有一年，那时候东西德还没有统一的时候，在这个西柏林一个教授的家里头，我看到 30 年代初的一个德国汉学家写的北京的口语和歇后语，它里头就有北京的这个绕口令。这绕口令里头有这个话的原话，是您吃葡萄就吐葡萄皮，不吃葡萄就不吐葡萄皮，一开始的时候是这样的，是侯宝林先生把它发展了，进一步地荒谬化、彻底地游戏化了。吃葡萄不吐葡萄皮，这个好理解，而且这个一点都不新鲜，到现在为止我发现除了汉族以外，包括外国人，包括新疆的少数民族吃葡萄都不吐葡萄皮。不吐葡萄皮还有好处就是葡萄皮和葡萄籽都要吃进去，不倒牙。光吃葡萄吃一会儿，它那个酸性太厉害，可是葡萄皮，尤其是葡萄籽它能够平衡这个酸性，所以吃葡萄不吐葡萄皮，这是很正确的、很正常的。可是这个不吃葡萄倒吐葡萄皮，是无法理解的。就是为了游戏而游戏，所以文字可以成为游戏，文字可以成为谜语，这个文字的游戏也多了，以至于中国的诗词你不服真不行，说这诗这么念，从头到尾念，念起来可以，反过来念，还能念回去。这样的游戏，智力游戏、语言游戏，有它的精致性，可以非常精微，换一个字，意思就大不一样。有它的变异性，有它的诡异性，因为有时候一句话呀，你真不知道它是从哪儿来的，到底意味着什么，外交上也常常用这种词儿。还有暗语符号，当中有符号的神秘性等等。

所以文学的力量包含了语言的力量，包含了语言本身的力量，更包含了语言所提供的思维的可能，所推动的思维的深化和进展。

我今天大致讲到这儿。

（本文系 2023 年 5 月 26 日王蒙在鲁迅文学院八里庄校区为"鲁迅文学院文化润疆作家培训班"讲授的专题课内容）

文艺生产与文化强国建设

大家好，我很高兴有一个机会和咱们在各个方面第一线工作的，接触大量实际的朋友们进行关于文化事业和文艺，特别是文学方面的想法交流。

文化强国建设

我们在制定五年规划的时候，提出了一个长远的规划，就是2035年建成文化强国。我很有兴趣与大家讨论一个问题，就是什么是文化强国。

第一，文化强国，就是说全社会的文明程度有了显著提高。这里的文化是一个大概念，包括教育的普及、教育程度提高、全社会文化生活丰富多彩、学习型社会构建有相当的成绩。这个和中国的传统文化也有很密切的关系，因为中国的传统文化，儒家，他最崇拜的叫什么呢，叫圣王，或者叫内圣外王。内圣外王不是儒家的口号，是庄子提出来的，但这一点道家与儒家相通。内圣，就是你的心里头充满了圣贤式的仁义道德追求。外王呢，就是你得有权威、权力。你光有道德，没有权威，不行。所以这是一个很高的要求。权威，就是不仅是实力，而且是典范，不仅是硬实力，更是软实力。中央很早已经提出了要构建学习型社会，甚至于我们也讲过中国共产党是学习型政党，我在政协的时候，政协的领导经常提政协是学习型组织。这是中国文化的特色。

文化强国要求社会主义核心价值得到全面认同、理解，还得到实践，受到全国人民的珍惜。

第二，文明应该普及到我们生活的各个方面。生产应该是文明的，这里边儿有很多科学技术的问题，这里就不细说了。生活应该是文明的，社交与公共关系应该是文明的，社区应该是文明的，消费和娱乐也需要有高度的文明。同样是消费和娱乐，等级和层次区别之大，令人惊异。酗酒也算娱乐，各式变相的赌博对于有些人来说也算是娱乐，还有很多恶劣的消费。但是也有非常高级的、具有足够的教育和文化内涵的娱乐。

第三，文化强国也应该包括能够做到对于传统文化的继承和弘扬，对于传统文化的创造性转化与创新性发展。因为在现代化和全球化的进程当中，西方马克思主义者特别提出了发展中国家的认同危机，他所说的认同危机就是找不到自己的身份了。一学现代的科学技术难免要向北美和西欧学习，学习的结果可能变成自己的生活方式丢了，自己的传统特色丢了。

当然我们中国不一样，我们是一个古老的，曾经非常先进的在世界上领先的伟大文明古国。我们所讲的中国式现代化就是为了解决这个问题。所以文化强国就是真正能做到把对传统文化的继承和弘扬，能够通过创造性转化与创新性发展使我们的传统文化和马克思主义结合起来，和最现代、最先进的科学和文化结合起来，和最先进的生产力结合起来，和理论创新、制度创新、科技创新、文化创新结合起来，使我们地地道道的中国地地道道地现代化。

第四，一个文化强国应该有足够的文化遗产、文化资源、有物质的与非物质的文化遗产的积累和生气勃勃，有我们现当代的文化积累、构建与创造。

文化强国，年年都应该有优质的文化产品，包括文艺产品，当然也包括人文科学、社会科学新发展。从理论上说，也包括自然科学、理论科学、技术科学、工程科学这些方面迅速的发展和对世界的重大贡献。

文化与软实力

那么提到文艺作品的时候，我还特别强调要为后人留下足够的文化文艺经典、文艺纪念碑、文艺瑰宝。一个文化强国所拥有的文化遗产与文化的创造建设，能够成为国家的软实力，增强中国式现代化文化果实的吸引力、凝聚力、公信力，为构建人类命运共同体做出中国的更加巨大宏伟的贡献。

关于软实力，例如第三世界的一些年轻人对美国有所向往，有所幻想，并不是他们对美国有亲身的体验，相当程度上我觉得这种情势是靠好莱坞电影造成的。好莱坞电影在当年苏联存在时期，受到苏联人的各种批评和讥讽、嘲笑。而且这些批评、这些讥讽、这些嘲笑都是真的，并不是故意给它抹黑。所以在西方，称美国电影这一类东西，叫作"亚文化"。就是它不能代表一个民族、一个国家的文化最高等的产品。美国的一流作家是另一批人，沃尔特·惠特曼、马克·吐温、杰克·伦敦、辛克莱·刘易斯，还有海明威、布罗斯基、托妮·莫里森等。

但是即使对美国的亚文化的批评都是正确的，我们还是要研究美国的好莱坞电影在美化自己，在吸引大部分普通的老百姓特别是青少年方面取得的成绩。经济上的实绩也了不得，它是一种软实力。

　　我们这儿呢，也有非常成功的东西，我们的软实力也非常重要。其实中国从古代就重视文化形象。我们这些年，也非常重视讲好中国故事，走出去。因为文化它吸引人。我们需要文化所给你的幸福感、文明感、美感、包括趣味。文化产品应该有吸引力、凝聚力、公信力，令人信服、令人喜悦而且能够被大多数人所接受。

中国的文艺复兴

　　我还要谈一下中国的文艺振兴和复兴。我们现在经常讲的是中华民族伟大复兴的中国梦，这样的中国梦中，文艺复兴是题中必有之义。我们说中国完全可以在迅速的发展当中，在自己的现代化的过程当中出现文艺复兴的大好形势。

　　因为中国本身就是一个文明古国，是文化大国，是文学大国，中国太重视文学了。曹丕的名言是，"盖文章，经国之大业，不朽之盛事"。用现在的词语来说，他认为文章是"国之大者"。而且我们长期通过文章来选拔官员、选拔人才，来分配权力，这在全世界也是少有的，而且是受到全世界好评的。科举也有很多可笑的事情，有很多负面的影响，但是我们可以想一想，如果没有科举，用人就更加混乱，不同阶层之间流动的可能性就更小。

　　我还愿意说一个我的个人看法。古代儒家道家的理论实际上主张文化立国。为什么呢？孔子他有一个很重要的说法叫，"道之以政，齐之以刑，民免而无耻"，说是你用行政手段，现在叫行政，古代叫为政。齐就是规矩，用现在的话说就是规范。用行政手段引领人民，用法律惩罚手段规范人民。他说民免而无耻，就是老百姓会怎么样呢？很多坏事他不敢干，犯法的事他不敢干，免掉了一些坏人坏事。而无耻，耻的意思指的是尊严，就是他还不懂得珍惜自己的尊严，他可以不做坏事，但是仅仅靠行政与处罚手段，百姓可能少做坏事，但不懂得珍惜自己的尊严。反过来，"道之以德"，用道德来引领群众，"齐之以礼"，用礼节礼法礼貌礼治来规范人民。这样的话才能够做到"有耻且格"，保护了每一个普通人的尊严，而且使人达到一定的规格、格调。接受了德和礼这些文化形态，人们能够进这个文化的谱系，在这个文化里占一席之地，这是一个非常深刻的思想。

　　这是一个什么逻辑呢？就是成了有道德的人，自然就不会干坏事了嘛。一个彬彬有礼的人，他不会干出圈的事儿啊。这就是用文化的尊严、从文化的方向来治理国家，这是孔子的理想，这实际上是文化立国的理想。

　　这样的理想并不易于操作，理想虽然不能当饭吃，即使不可能全做到的理想，也是文化的最具吸引力提升力的一个要素，而没有理想的文化，只能是卑俗的文化。

《荀子》里头讲的也非常多。他说的是诸侯国家，一个国家不需要特别大。有几百个战车，有咱们一个普通省这么大的地盘，然后你在这儿"爱民"，还要"惜时"，就是珍惜农时，还要"敬老"。这些都做到了，你的吸引力就可以使你"王天下"，就是你可以领导天下。当然，当时说的天下不是现在说的世界，也不是国际主义，因为当时认为天下就是整个的中国，中国的东边与东南边是海，西边、北边、西南边，有一些夷狄少数民族。

中国强调自己是礼义之邦。不是礼仪之邦，从来没有讲礼仪之邦的，礼义必须放在一块儿说。义指的是内容和原则，礼指的是行为和规范。就是你又有行为规范，又有原则和内涵。这里的义也不仅仅是讲义气、仁义的义。而且含义也要用这个义，我们学语言的话，词义也是用的这个义。

认识经典，呼唤经典

我们每一个时代都有自己代表性的、顶尖的、巅峰的文学作品。我们平常说楚辞、汉赋、唐诗、宋词、元曲、明清小说。我们不妨试着来讨论，就是民国时期也有它的文学的顶尖阵容，就是我们所说的"鲁郭茅巴老曹"——鲁迅、郭沫若、茅盾、巴金、老舍、曹禺。在革命根据地还有赵树理，这也是一个特殊的重大人物。

在这个明清小说里头特别精彩的是四大奇书——《三国演义》《水浒传》《西游记》《红楼梦》。

我顺便说一下。广西师范大学出版社有一年曾经在网上做过一个统计。比如说你最读不下去的书是什么？回答是《红楼梦》的票最多。当然，回答这个的网民的文化素质不能代表我国也不能代表广西，更不能代表广西师范大学，但是无论如何我有看不下去的感觉。我曾经建议把以多数票吐槽《红楼梦》的这一天，定名为中国网耻，就是中国互联网最丢人的、最耻辱的一天。

2010年我写过一篇文章叫《呼唤经典》，发表在《人民日报》上。我就是说我们需要有今天的经典，我们即使没有今天的《红楼梦》，但是我们起码要有能够和楚辞汉赋、唐诗宋词元曲、明清小说相媲美的、力透纸背的作品，这样经得起时间考验的作品，能够代表我们中国的伟大发展的作品。

我们成绩非常大，扫盲，文化的普及，网络的普及，这些都是毫无疑问的，文化生活进入农村进入民间，这都是了不起的成绩。但是我们还得有尖子，我们还得有顶峰。习近平总书记在2014年10月15日召开的文艺工作座谈会上也提出了一个高原和高峰的问题，就是我们不但要有高原，还要有高峰。高原是什么意思呢？因为我们整个的中国在 1949 年以后，我们这个文化的发展，电影事业的发展，学校教育的发展，义务教育的发展，高等教育的发展，那成绩都很大，但是还要有高峰。这里的关键就是两个重要的指标，一个是作品，一个是阵容。作品呢，就是我们能拿出一批像样的作品来，而且这批作品具有相当的恒定性，不是说是一阵风把它吹上来的，也不是某个特定的时间赶上要庆祝哪个日子了这个作品正好符合需要，而是能够恒定地长久地成为我们这个时代的纪念碑，成为我们的精神力量的体现。

新时代的精神力量

文艺作品之所以重要就是因为它体现着我们时代的精神力量，体现着我们的认知，体现着我们的学识，体现着我们的感情，体现着我们的团结和凝聚，也体现着我们好学、深思、创造、想象，不断进步，还有智慧、忠诚、坚持。我们想一想人的这个精神吧，我们需要的是高级的精神产品。包括我们常常讲的理想、信仰、初心、使命感、责任感、担当，这都是精神力量。但是文学作品中有着太多的可能性来描绘表现我们的精神力量。

文化与文艺阵容

再一个就是阵容。阵容是什么意思？就是我们有非常优秀的科学家、理论家、作家、艺术家巨匠。苏联虽然作为国家他失败了，但是苏联也还拿得出手啊。肖洛霍夫，他拿得出手啊。法捷耶夫，也很优秀。就是那个被肖洛霍夫嘲笑的西蒙诺夫，写作水平也是非常高的。舞蹈家里头有乌兰诺娃，音乐家里头有肖斯塔科维奇，这就叫阵容。

说这话是什么意思呢？对于一些尖子人才我们对他们要有非常高的要求，他们自己也应该对自己有非常高的要求。对自己的要求就是要对得起历史，对得起祖先，对得起革命的前辈，对得起人类命运共同体。

文学是语言与思维的艺术

文学是语言的艺术，是思维的艺术。因为教育学家、心理学家都论证语言是思维的符号，思维不可能离开语言。当然也有裸思维，所谓并没有构成语言的这种思维，但是全面的、深刻的、内容丰富的思维离不开语言和类似语言的符号，比如说数学符号理化符号，图形也是一种类似语言的符号。论直观性，文学受众远远不如表演艺术，但是，文学训练你发达你的思维，而且我说文学是硬通货。什么意思呢？一个剧，一张画，一部乐曲，一个舞蹈，对它们总得有一个简单的思考，至少你得印说明书，离不开语言的艺术。咱们这个电影，也需要大大提高。包括西方国家、包括印度的电影，就演员个人体能技能的训练，咱们都应该精益求精，叫做要有更高的要求。

文学需要高尚、深刻、宏伟的思想哲学，扎根人民，扎根现实生活，有生活积累和底气。还要有勇于突破的艺术感觉与想象力、创造力，需要有对于天地人生、历史地理、人情世故、沧桑的认知，要有对世界的悲悯，对于祖国和人民的挚爱，对于历史文化与道德文章的深深敬意。不能把文艺的事看低了，不要往低了看。

文化表现在生活当中。我们现在说传统文化的主要载体就是生活，就是人民，文物是重要的载体，文献是重要的载体，非物质文化遗产是重要的载体。但是我认为更重要的载体在于人民，因为人民的生活习惯、风俗、价值选择、价值倾向，对大自然的认识，对家国的认识，对爱情婚姻、子女传承的认识，所有这些都离不开几千年的文化传统，为什么我们必须认真地对待文化遗产，对待我们的传统呢？因为我深深地体会到如果我们拒绝现代化，用毛主席的话来说，我们发展不起来，我们就会要被开除球籍。

而如果我们拒绝文化传统，拒绝文化遗产，我们就是自绝于人民，就会陷入耻辱与痛苦的认同危机、身份危机。

热爱生活、热爱人民

所以我就觉得对于文艺来说，对生活的了解，对人民的热爱，对人民的风俗习惯的熟悉能够给我们带来很大的成功。因为不管是什么政策，什么社会组织形式，也不管是有什么变化，或是没有大的变化，我们都要歌颂人民，我们都要歌颂祖国，我们都要歌颂新的社会、新的风气、新的生活。

所以我们要培养自己真正对生活对人民，对我们的土地我们的文化传统的热爱，我们要继续培养我们的熟知、培养我们的兴趣，从这里边完善大众的精神面貌与精神品质。我是希望我们的作品提高、再提高。

当然通俗的大众的，快手抖音，我也看，我并不是不看。你一段小段子也可以，而且有些人的表演呢，我也觉得挺有趣，那是一方面。作为普通的娱乐性换换精神，这些东西也需要大量地存在。但同时我们总要在这块土地上出点儿巅峰之作。我希望我们的文艺作品里头能够更多地抒发革命的豪情、建设的实干、开阔的眼界、精细的细节、大胆的想象、广博的知识。

发展文化的想象力创造力

我个人对一个事儿也很感兴趣，也在这个方面跟大家交流一下。就是咱们那个科幻作家刘慈欣，他是山西阳泉的。他的著作《三体》改编成电视剧，吸引人的程度超出我的想象。最初，我对这个科幻作品并不怎么感兴趣。因为美国的科幻作品最多，美国有的科幻作品写到外星人常常是面孔身体的稀奇古怪。刘慈欣比他们深刻得多。另外我听说改编自刘慈欣的同名小说的电影《流浪地球2》正在欧洲上演。我们的一部电影能够在国外掀起热潮来，这个暂时还没有其他例子。它说明通过对于想象力和深刻性的追求，我们在作品的对外影响方面，在我们软实力的构成方面，也完全可以取得一定的成果。

党对文艺事业的领导

最后我再说一下。总结历史经验，坚持加强党的领导，树立文艺事业的高标准，对文艺的优秀成果提供支持与服务，这是历史、时代对文艺事业的期待。中国的文艺事业、中国的文艺家在人民革命当中有一个重大的特点就是同情革命、支持共产党。这个和其他许多国家是不一样的，和苏联不一样。苏联十月革命时期，连最革命最进步的高尔基都吓跑了，有很多人，著名男低音歌唱家夏里亚宾，著名作家普宁，演员画家跑了一大堆，后来高尔基才回来。可是中国不一样啊，1949 年新中国成立的时候，那些著名作家、大艺术家都从全世界各个地方往北京来呀。曹禺、老舍是从美国回来，茅盾他们一批人好像是从香港回来，画家徐悲鸿是从欧洲回来，作家萧乾是从英国回来，谢冰心是 1950 年从日本回来，四面八方回到北京。

我学习毛主席著作，有一个我印象特别深，就是毛主席在《新民主主义论》里提到这么一句，大革命失败以后蒋介石发起了两个"围剿"，一个是军事"围剿"，军事"围剿"的结果是红军的长征，然后建立了陕北的根据地。一个是文化"围剿"，他说文化"围剿"最有意思，因为在文化的阵地上没有我们的人，但是文化"围剿"的结果是一二·九运动的爆发，是对国民党的抗议，是对共产党的统一战线抗日号召的响应。也就是说在那个时期已经显现了中国的文艺界是不喜欢国民党的，不喜欢蒋介石的，而是尊重和同情共产党的，当然鲁迅的这个答徐懋庸的信里边也写了他对脚踏实地的革命者的同情和赞美。所以当年胡乔木同志跟我说过，如果就社会主义革命的文化条件来说，中国比苏联更成熟。

党有长期和文艺工作者同甘苦，共命运，互相沟通，有所了解，有所引领支持的这一面，应该说是非常成功的。中国共产党的性质跟一般的议会政党也完全不一样。他是要翻天覆地地改变这个社会，改变所有制的这样一个党，他从来都非常重视通过文化、通过文艺来促成中国的社会主义事业。

延安的革命艺术家王昆跟我说过，咱们老区的一批歌唱家在一块儿聚会，大概喝高了点儿了，忽然有一位一拍桌子，说咱们革命是怎么胜利的，我认为首先是我们唱胜了的，这个军事上国民党武装到牙齿的 800 万军队啊，那比共产党的军队力量大多了，可是唱歌一上来国民党就不行，它无歌可唱。1993 年，我第一次去台湾，11 月参加台湾的一个文学讨论会，台湾联合报副刊的主编对我说，台湾就有这个问题——无歌可唱，说到了春游季节放两天假，中小学都是到郊区，到什么阳明山去玩儿。到那儿只要一想唱歌，就有人说别唱别唱，这是共产党的歌。有一个歌叫"门前一道清流，夹岸两行垂柳，风景年年依旧，只有流水总是一去不回头，流水啊！请你莫把光阴带走"。这个歌看似没关系，也不能唱，因为作曲者是贺绿汀，贺绿汀是中国共产党党员，那时候任上海音乐学院院长。

中国还有个特点，军事的胜负常常和歌联系在一起，失败叫作四面楚歌。我们中国有自己的历史，有自己的传统。我们在 1949 年以后的文艺工作上，也有许许多多的丰富的经验教训。我希望我们对这些经验教训都能够有认真的总结。中国文艺是在党的领导指引下，很早就革命化。新中国成立以后的丰富经验，风风雨雨中有着光辉的成就。我们在座的各位从事文艺工作、领导工作、宣传报道、传播工作的同志都对文艺工作有很大的作用。我们要敢于负责，敢于担当，要慧眼识真伪，慧眼识高低，要敢于、勇于、善于支持文艺工作的好苗子、好种子、好胚胎、好希望。我们文艺工作的兴旺、我们文艺产品和文艺阵容的光耀指日可待。

（本文系 2023 年王蒙在一个研习班上的讲话记录稿）

策　　划：辛广伟

责任编辑：刘敬文

封面设计：王欢欢

图书在版编目（CIP）数据

王蒙演讲录：2021—2023 ／ 王蒙 著 . —北京：人民出版社，2023.10

ISBN 978－7－01－025991－8

Ⅰ. ①王…　Ⅱ. ①王…　Ⅲ. ①王蒙－演讲－文集　Ⅳ. ① I206.7-53

中国国家版本馆 CIP 数据核字（2023）第 179212 号

王蒙演讲录

WANGMENG YANJIANGLU

（2021—2023）

王蒙　著

人民出版社 出版发行

（100706　北京市东城区隆福寺街 99 号）

北京新华印刷有限公司印刷　新华书店经销

2023 年 10 月第 1 版　2023 年 10 月北京第 1 次印刷

开本：710 毫米 × 1000 毫米 1/16　印张：19.75

字数：180 千字

ISBN 978－7－01－025991－8　定价：60.00 元

邮购地址 100706　北京市东城区隆福寺街 99 号

人民东方图书销售中心　电话（010）65250042　65289539